www.tredition.de

AF202947

Jasmin Thoma

Der Ungläubige

www.tredition.de

© 2019 Jasmin Thoma

Verlag & Druck: tredition GmbH, Halenreie 40-44, 22359 Hamburg

ISBN
Paperback: 978-3-7497-3132-9
Hardcover: 978-3-7497-3133-6
e-Book: 978-3-7497-3134-3

Dieses Buch widme ich allen, die wegen ihrer Überzeugung
verfolgt oder geächtet werden.

Vorwort

Alles begann, als ich zufällig im Internet auf einen Beitrag einer Ex-Muslima stieß - einer Person, die muslimisch erzogen wurde, sich aber vom Glauben abgewandt hat. Sie erzählte davon, dass sie von gläubigen Muslimen oft als Verräterin bezeichnet wird, während sie von Nicht-Muslimen des Öfteren nach wie vor als Muslima gesehen wird. Außerdem sprach sie an, wie schnell man für islamkritische Äußerungen in die rechte Ecke gestellt wird.

Als Studentin der Kultur-und Sozialanthropologie weckte diese Problematik mein Interesse. Als es dann an der Zeit war, mir Gedanken über ein Thema für meine Bachelorarbeit zu machen, entschied ich mich dieses Phänomen zu behandeln.

Schon bei meiner Entscheidung für diese Thematik, war mir klar, dass die Recherche sehr schwierig würde. Ich las zahlreiche Twitternachrichten, Blogbeiträge und Biographien von Ex-Moslems, sowie das Buch „The Apostates" von Simon Cottee, die erste wissenschaftliche Studie zu diesem Thema. Schließlich führte ich selber Interviews mit Ex-Moslems - eine Aufgabe, die mich bis nach Köln führte.

Bei all meinen Nachforschungen stieß ich zwar auf sehr viele unterschiedliche und individuelle Geschichten, doch die grundsätzliche Problematik war immer wieder die gleiche. Jeder der sich vom Islam abwendet, wird von vielen Muslimen als Verräter gesehen, von Nicht-Muslime oft aber nach wie vor als Moslem. Äußert man sich kritisch über den Islam oder spricht Probleme an, die damit in Zusammenhang stehen, wird man sehr schnell in die rechte Ecke gestellt. Gleichzeitig werden viele, die den Islam offen ablehnen, oder von negativen Erfahrungen mit Muslimen berichten, von Rechtsextremen instrumentalisiert. Viele Ex-Muslime fühlen sich von allen Seiten attackiert, da sie keiner Gruppe richtig anzugehören scheinen.

In den Mainstream-Medien findet diese Gruppe von Menschen kaum Beachtung.

Während der Recherchen für meine Bachelorarbeit fasste ich den Entschluss, dass ich diesem Thema auch mein nächstes Buch widmen will.

Die Idee, dieses schwierige und wissenschaftlich wenig erforschte Thema in Form einer fiktiven Geschichte zu bearbeiten, hatte ich, als ich sah, wie wenig Bewusstsein in der breiten Öffentlichkeit diesbezüglich vorhanden ist. Viele Leute, mit denen ich sprach, waren überrascht, dass es überhaupt Menschen gibt, die sich vom Islam abwenden. Deshalb hoffe ich, auf diese Weise Personen zu erreichen, die sich vielleicht noch nie mit diesem Gegenstand befasst haben. Auch wenn ich darüber schreibe, wie Ex-Muslime sowohl von gläubigen Moslems als auch von Rechten sowie Linken angegriffen werden, möchte ich eines im Voraus klarstellen: Dieses Buch enthält keine Polemik gegen Links oder Rechts oder gegen den Islam. All jenen, die danach suchen, kann ich es nicht empfehlen. Es geht mir nicht darum, mich politisch zu positionieren, sondern darum, auf die Probleme von Individuen hinzuweisen. Dabei möchte ich alles so differenziert wie möglich beleuchten - Meinungen, die in diesem Buch geäußert werden, müssen daher auch nicht zwingendermaßen meinen persönlichen Ansichten entsprechen.

Zwischen den Fronten

„Hör endlich auf, deinen Müll hier zu verbreiten! Du bist ein derart islamophober Rassist. Damit hilfst du nur, Hass zu schüren!"

Lydia starrte entsetzt auf den Bildschirm. Es war nicht der Kommentar selbst, der sie derart schockierte. Sie war längst daran gewöhnt, dass Amirs Tweets solche Reaktionen hervorriefen. Doch dieses Mal kam es nicht von irgendeinem anonymen Twitter-Nutzer, sondern von niemand anderem als ihrer besten Freundin Natalie! Wie konnte sie Amir derart angreifen? Er hatte doch nur aus dem Koran zitiert.

Lydia las die übrigen Kommentare durch. Amir versuchte jedem, der ihn angriff, zu erklären, dass Islamkritik nichts mit Rassismus zu tun hatte und er auch nichts gegen Muslime hatte. Lydia fand die Geduld, mit der er das anging bewundernswert. Sie war diese ewig wiederkehrenden Diskussionen längst leid.

Als sie weiter ihr Newsfeed durchsah, entdeckte sie noch etwas, das sie aufregte. Dieses Mal erfüllte es sie mit Wut. Ihr Vater hatte einen Beitrag von Amir geliked und einen zustimmenden Kommentar hinterlassen. Das war wieder typisch! Hier auf Twitter konnte er Amirs Beiträge liken und ihn für seine Einsicht loben oder seinen Mut bewundern, Dinge offen auszusprechen, die sich viele nicht zu sagen trauten, während er im realen Leben darüber schimpfte, dass seine Tochter mit einem „Scheißmoslem" zusammen war. Sie hatte schon öfters versucht ihrem Vater zu erklären, dass Amir längst nicht mehr gläubig war, doch er akzeptierte es nicht. Natürlich wusste er auch nicht, dass es Amir war, dem er gerade seine Zustimmung bekundet hatte, denn auf Twitter hieß Amir „The Apostate" und sein Profilbild zeigte einen zerbrochenen Halbmond.

Lydia seufzte. Sie wusste nicht, wie sie ihrem Vater oder Natalie je klar machen sollte, dass Amir weder ein Moslem war, noch Moslems hasste.

Doch der Gedanke, dass sie Amir heute sehen würde, hob ihre Stimmung. Sie schaltete den Laptop aus. Dann ging sie zum Kleiderschrank und betrachtete sich im Spiegel. Sie blickte in ihr etwas rundliches Gesicht mit den haselnussbraunen Augen. Kurz kämmte sie ihre dichten, braunen Locken. Danach stöberte sie in der Lade, in der sie ihre Schminksachen aufbewahrte. Sie kaschierte schnell die paar Hautunreinheiten und die leichten Augenringe. Zudem schminkte sie sich etwas rosigere Wangen und trug einen zartrosa Lippenstift auf. Lydia trug meist nur sehr dezentes Make-up, da sie natürliche Looks bevorzugte. Sie betrachtete sich ein letztes Mal im Spiegel, dann eilte sie die Treppe hinunter.

„Ah, Lydia, wo gehst du hin?" Es war ihr Vater.

„Ähm… nur im Wienerwald spazieren."

„Ah, gut. Du triffst dich doch nicht wieder mit diesem komischen Asylanten oder?" Ihr Vater schien misstrauisch.

„Nein. Und im Übrigen wurde er in Österreich geboren."

Mit diesen Worten warf sich Lydia ihre Jacke über. „Apollo!", rief sie ihren Hund, welcher freudig bellend herbeigelaufen kam. „Komm, beeil dich", sagte sie, während sie ihn nach draußen führte. Apollo schaute sie nur von der Seite an. Seine dunklen Augen blickten unter seinen schwarzen Zotteln hervor, als er neben ihr zur nächsten U-Bahnstation lief. Nach einigen Stationen mit der U4 stiegen sie in die Straßenbahn Richtung Rodaun um.

Als Lydia ausstieg, sah sie sich kurz um, ehe sie Amir bemerkte. Ihr Herz begann höher zu schlagen. Es schien ihr so lange her, dass sie ihn zuletzt gesehen hatte. Erst jetzt wurde ihr wieder bewusst, wie sehr sie ihn vermisst hatte; seine dunklen Augen, die sanften Gesichtszüge, die schwarzen Locken; sie hatte seine Stimme vermisst und all die unzähligen Gespräche, die sie geführt hatten. Lydia lief auf Amir zu und umarmte ihn. In dem Moment, da sie in seinen Armen lag, verschwanden all die Sorgen aus ihrem Kopf. Lydia schloss die Augen und legte den Kopf auf Amirs Brust. Sie könnte den ganzen Tag nur dem Geräusch seines Herzschlags lauschen und die Welt um sich herum vergessen. Ihre Wut auf Natalie, die Sorge, ob ihr Vater die Beziehung je akzeptieren würde, all das schien im Moment bedeutungslos.

Irgendwann lösten sie sich aus ihrer innigen Umarmung und gingen in Richtung Wald. Lydia hakte sich bei Amir unter. Sie dachte an all das, was sie beide zusammen erlebt hatten. Lydia erinnerte sich gerne daran, wie sie ihn kennengelernt hatte. In ihrem dritten Semester hatte sie für eine Seminararbeit Interviews mit in Österreich geborenen Nachkommen von Migranten geführt. Bei ihrer Suche war sie auf ihn gestoßen. Damals hatte er bereits an der Richtigkeit seines Glaubens gezweifelt, sich selbst aber noch als Moslem bezeichnet. Erst in den darauffolgenden Wochen hatte er der Religion endgültig den Rücken gekehrt. Lydia hatte diesen Prozess miterlebt, denn sie hatten sich nach ihrem Interview noch öfter getroffen. All die Dinge, die er ihr über seine Familie, seine Glaubensgemeinschaft und seine Religion erzählt hatte, waren ihr wie Geschichten aus einer anderen Welt erschienen. Lydia konnte nicht umhin zu vermuten, dass sie ein entscheidender Faktor für seinen Abfall vom Glauben gewesen war.

„Wie geht es dir mit dem Lernen?", wollte Amir wissen, während sie spazieren gingen.

„Es geht so. Ich habe Anfang Oktober noch zwei Prüfungen."

Amir nickte. Kurz wirkte er traurig. „Ich wünschte, ich könnte auch studieren. Aber meine Familie unterstützt mich dabei sicher nicht. Ich habe ihnen immer noch nicht gesagt, dass ich Atheist bin, aber sie merken, dass sich etwas verändert hat. Ich beteilige mich an den Gebeten oft gar nicht mehr und wenn, dann bin ich offensichtlich nicht wirklich dabei. Sie werden immer misstrauischer und ich weiß, dass es nicht ewig so weitergehen kann. Ich war zwar beim Einhalten der ganzen religiösen Verpflichtungen immer schon etwas nachlässig. Deswegen fällt es mir leichter, das auf Faulheit oder Mangel an innerer Stärke zu schieben. Ein schlechter Moslem ist für sie immer noch besser als ein Ungläubiger. Aber auch das stört meinen Vater extrem, vor allem, weil ich noch nachlässiger geworden bin. Ich werde mir nach dem Zivildienst den erstbesten Job suchen müssen, damit ich endlich von ihnen unabhängig werde."

Lydia drückte sanft seine Hand. Wenn sie mit ihm sprach, wurde ihr immer wieder bewusst, wie einfach ihr eigenes Leben war. Natürlich wäre es ihrem Vater lieber gewesen, sie hätte wie ihr Bruder eine Lehre gemacht und dann gleich zu arbeiten begonnen, anstatt zu studieren. Er hatte seine ganze Familie stets als Angestellte in seiner Firma gesehen. Dennoch unterstützte er sie. Lydia war fest entschlossen, Amir irgendwann ein Studium zu ermöglichen, sollte er das nicht selbst schaffen.

„Deine Familie weiß noch immer nichts von mir, oder?"

Amir schüttelte den Kopf. „Nein, ich habe ihnen nichts davon gesagt. Mein Vater würde es nicht wollen, dass ich mit einer Ungläubigen zusammen bin. Es wäre bei mir zwar kein so großes Problem wie bei Alia, aber er will trotzdem, dass ich eine fromme Muslima heirate, keinen Sex vor der Ehe habe und so weiter."

Lydia fiel etwas ein. „Übrigens sind meine Eltern am Wochenende auf Geschäftsreise. Das heißt du kannst zu mir kommen."

Amir lächelte. Der Gedanke schien seine Stimmung ein wenig aufzuhellen. Dann fragte er vorsichtig: „Und dein Bruder?"

„Den konnte ich überzeugen, dass du kein Terrorist bist."

„Ach... echt. OK, dann sollte das kein Problem sein."

Den restlichen Spaziergang beschlossen sie, nicht mehr über all diese Schwierigkeiten nachzudenken. Sie redeten einfach über Alltägliches. Lydia erzählte von der letzten Kunstausstellung, die sie besucht hatte. Dann sprach sie über ihr Studium. Amir hatte immer Interesse an den Dingen, die sie lernte, gezeigt, denn auch er beschäftigte sich mit sozialen und politischen Themen. Die Stimmung der beiden wurde so unbeschwert, dass Lydia von einem peinlichen Missgeschick, das ihr noch in ihrer Schulzeit passiert war, erzählte. „Also ich muss wohl so 17 oder 18 gewesen sein, da hatte ich über Facebook Kontakt zu einem kanadischen Moslem und wir haben uns gelegentlich geschrieben. Meine Tante hat sich zu der Zeit Schweine gehalten und ich habe sie einfach süß gefunden. Ich habe viele Fotos von ihnen gemacht. Und weil sie eben so süß waren, musste ich ihm natürlich ein Foto von einem Schwein schicken."

Amir musste lachen.

Auch Lydia konnte in dem Moment nicht anders als zu lachen. „Ja, und dann erst ist mir klar geworden, dass es als Beleidigung aufgefasst werden könnte, einem gläubigen Moslem einfach so ein Foto von einem Schwein zu schicken...."

„Und wie ist das dann weitergegangen?", wollte Amir wissen.

„Naja, wie gesagt, ich habe mir zuerst nichts gedacht und erst später ist mir klar geworden, dass es als unangebracht angesehen werden könnte. Er hat mich gefragt, was das soll und ich habe versucht, es zu erklären. Ich glaube, er hat verstanden, dass ich es nicht böse gemeint habe."

Die Geschichte schien Amir zu amüsieren - er konnte gar nicht mehr aufhören zu lachen. Lydia lachte mit, auch wenn sie sich noch gut erinnern konnte, wie peinlich ihr die Situation damals gewesen war.

Sie kamen auf eine große Wiese, in deren Mitte zwei alte Bäume standen. Amir ging ihr voraus auf die Wiese. Unterdessen löste Lydia Apollos Leine und er rannte in großen Kreisen über das Gras. Sie schmiegte sich an Amirs Körper und atmete tief ein. In dem Moment wusste sie mehr denn je, dass ihre Beziehung all die Probleme mit ihrem Vater und Natalie wert war. Amir nahm sie in die Arme und sah sie an. Lydias Herz begann höher zu schlagen. Sie blickte in seine fast schwarzen Augen, die sie von Anfang an in ihren Bann gezogen hatten. Sie sah so vieles in diesen Augen. Mehr denn je spürte sie die Gewissheit, dass sie beide zusammen alles durchstehen würden. Lydia wusste, dass er genau dasselbe dachte, wie sie. Sanft strich er über ihre Wange und fuhr dann durch ihr Haar. Mit zittrigen Fingern zeichnete sie die Konturen seines Gesichts nach. Sie schloss die Augen und rückte noch enger an ihn. Einen Moment später spürte sie seine Lippen auf den ihren. Einen Augenblick lange vergaßen sie die Welt um sich herum, waren einzig und allein erfüllt von dem Wunsch, einander noch näher zu sein.

Lydia wusste nicht, wie lange sie so eng umschlungen dastanden. Als sie sich schließlich voneinander lösten, stand Apollo laut kläffend neben ihnen.

Lydia seufzte. „Wenn du immer, wenn wir uns küssen so anfängst, dann nehmen wir dich in Zukunft nicht mehr mit", sagte sie ihm. Apollo bellte nur lautstark und begann wie wild mit dem Schwanz zu wedeln. Widerwillig warf sie ihm einen Stock, der auf der Wiese lag. Nachdem sie ihn Apollo ein paar Mal holen geschickt hatte, beschlossen sie, dass es an der Zeit war, nach Hause zu gehen. Die Stunden, die sie zusammen verbrachten, waren immer am schönsten, dennoch lag ein dunkler Schatten über ihrem Glück. Denn sie beide mussten ihre Beziehung vor ihren Familien geheimhalten.

Bei der U-Bahnstation verabschiedeten sie sich voneinander. „Ich rufe dich am Wochenende an, sobald meine Eltern weg sind", sagte sie ihm. Sie küssten sich erneut, bevor sich ihre Wege trennten. Wie jedes Mal, nachdem sie sich mit Amir traf, schwebte sie noch lange später im siebten Himmel. Das konnte ihr meist nicht einmal ihr Vater verderben.

„Hallo Papa!", rief sie als sie zu Hause ankam.

„Oh, Lydia. Wie war dein Spaziergang?", fragte er.

„Toll, ich muss das schöne Wetter noch ausnutzen, bevor es kalt wird."

„Gute Idee", sagte er. Dann fragte er misstrauisch: „Und du warst auch wirklich alleine im Wald?"

„Ja! Und wenn nicht, ginge es dich auch nichts an", erwiderte Lydia. Mit diesen Worten ging sie nach oben.

„Ich wusste es! Du warst wieder mit diesem Kanaken zusammen!" Ihr Vater sagte noch etwas, doch Lydia hörte ihm nicht mehr zu. Wieder spürte sie die Wut in sich, doch sie konnte sie unterdrücken, denn die Vorfreude, dass sie Amir am Wochenende wiedersehen würde, war stärker als der Ärger über ihren Vater. Dennoch machte es sie traurig, dass sie nicht wie andere ihren Freund jederzeit zu sich nach Hause einladen, oder ihn in seinem Elternhaus besuchen konnte. Sie war es leid, ständig lügen zu müssen.

Am nächsten Tag traf sich Lydia mit Natalie. Natalie hatte eine Wohnung in der Wiener Innenstadt. Es war eine kleine, aber gemütliche Einrichtung. Das Sofa, der Tisch, der Schrank, die Fenster und Vorhänge, alles war schön sauber gehalten. Der Kasten und der Kühlschrank waren vollgeklebt mit Stickern von Antifa und anderen linken Gruppierungen. Viele davon zeigten Sprüche wie „Stop Racism" oder „Nazis Raus" oder auch einfach einen durchgestrichenen Strache.

Natalie begrüßte Lydia überschwänglich. Die beiden begannen sofort zu plaudern. Eigentlich traf sich Lydia gerne mit Natalie, doch dieses Mal hatte das Zusammentreffen einen bitteren Beigeschmack. Sie dachte daran, wie Natalie Amir angegriffen hatte. Sie hätte nicht erwartet, dass ihre Beziehung zu Amir so viel Ärger in ihrem Bekanntenkreis verursachen würde. Nun befürchtete sie, dass Natalie das Thema ansprechen könnte. Sie hatte Amirs Meinungen schon öfters kritisiert, doch derartig persönlich angegriffen hatte sie ihn davor nie. Lydia hätte auch nicht gedacht, dass ihre Freundin zu derartigen Angriffen in der Lage wäre, nur weil jemand eine andere Meinung vertrat.

„Und, wie geht's dir beim Lernen?", wollte Natalie wissen.

„Eh ganz gut. Ich muss die Woche noch die restliche Pflichtliteratur für die Rechtsanthropologieprüfung lesen. Aber das geht sich locker aus."

„Oh, gut. Ich hoffe, ich kriege auch alles so gut unter. Aber ich habe noch so einige Prüfungen übrig", erklärte Natalie.

„Und, glaubst du, dass es sich ausgehen wird?", fragte Lydia.

„Theoretisch ja, aber ich habe nebenbei noch so viel Anderes um die Ohren", meinte Natalie.

Vielleicht sollte sie einfach mehr Zeit mit Lernen verbringen und weniger damit im Internet Leute zu beschimpfen. Der Gedanke kam Lydia ganz spontan. Sie war selber überrascht, denn normalerweise waren ihr derartige Gedanken fremd, vor allem ihrer Freundin gegenüber. Sie wusste doch, dass Natalie sich sehr anstrengte und viel Zeit in ihr Studium investierte. So beschloss Lydia, das, was Natalie über Amir gesagt hatte, zu vergessen, doch ganz gelang es ihr nicht.

„Hast du dich schon für ein Bachelorseminar eingeschrieben?", wollte Natalie wissen.

„Nein. Ich muss noch ein Modul, drei Vorlesungen und das Seminar für Quantitative Forschungsmethoden machen. Nächstes Semester mache ich dann den Bachelor."

„Oh Gott, du liegst wirklich gut in der Zeit", sagte Natalie.

„Ja, ich habe halt keinen Job nebenbei", entgegnete Lydia.

„Okay, das stimmt natürlich, aber ich glaube, ich könnte es auch ohne Beruf nicht", meinte Natalie „Ich merke mir die Dinge einfach nicht so gut wie du."

„Wie geht's dir eigentlich mit der Arbeit?", fragte Lydia.

„Ja, so wie immer halt", antwortete Natalie „Die üblichen Probleme mit meinem Boss."

„Starrt er dir immer noch ständig in den Ausschnitt?", fragte Lydia

„Ja, das macht er bei allen jungen Frauen", antwortete Natalie „Manchmal macht er auch sexistische, herablassende Bemerkungen. Es gibt einfach so viele Männer, die Frauen nur als Lustobjekte sehen."

„Hast du schon daran gedacht, dich zu beschweren?", wollte Lydia wissen.

„Klar, habe ich das", sagte Natalie „Aber wenn er das erfährt, bin ich womöglich meinen Job los. Das kann ich mir in meiner momentanen Situation nicht leisten. Ich habe mich bereits nach anderen Stellen umgeschaut, aber im Moment habe ich einfach nur diesen Job. Man kann oft gar nichts tun und diese Männer wissen das und nutzen es aus. Eigentlich sollten sie sofort gefeuert werden, aber Frauenfeindlichkeit ist in unserer Gesellschaft einfach noch viel zu akzeptiert. Aber, sobald ich mein Studium fertig habe, suche ich mir so schnell wie möglich etwas anderes. Es ist nicht gerade spannend, 20 Stunden in der Woche Regale einzuschlichten."

Lydia nickte. Sie hatte sich noch wenig Gedanken darüber gemacht, was sie nach dem Studium tun würde. Wenn sie nicht mit Lernen beschäftigt war, dann waren ihre Gedanken schon seit längerem meist bei Amir.

Als hätte sie ihre Gedanken gelesen, stellte Natalie genau diese Frage an sie. „Und, hast du eigentlich schon einen Plan für nach dem Studium?"

Lydia zuckte nur mit den Schultern. „Nicht mehr als das letzte Mal, dass du mich gefragt hast. Ich konzentriere mich erstmal auf mein Studium. Du weißt, ich mach lieber eine Sache nach der anderen."

Natalie lachte. „Ja, du hast dich noch nie gerne auf mehrere Sachen gleichzeitig konzentrieren wollen. Aber es gibt ohnehin recht viele Möglichkeiten, was du mit einem Abschluss in Kultur- und Sozialanthropologie machen kannst.", meinte Natalie.

In dem Moment sprang Natalies Katze vom Kleiderschrank auf den Tisch. „Nelly, nein, böse!" rief Natalie.

Lydia lachte. „Komm her, Nelly!", rief sie und nahm die Katze in die Arme. Dann sah sie Natalie an. „Weißt du noch, wie wir als Kinder eine streunende Katze gefunden haben?"

„Ja, ich hätte sie ja behalten wollen, aber meine Eltern waren immer gegen Haustiere. Weißt du noch, mein Hamster. Der war alles, was sie mir je erlaubt haben."

Wie so oft schwelgten die beiden in Erinnerungen an früher, als sie oftmals den ganzen Tag in der Natur unterwegs gewesen waren, Tiere gespielt oder glitzernde Steine gesammelt hatten. Lydia dachte zurück an einen Sommer, den sie im Bauernhaus von Natalies Opa verbracht hatte, wo sie den ganzen Tag mit Kühen und Schafen gespielt hatte.

Damals war eine sorglose Zeit gewesen. Sie hatte sich nie über etwas anderes als ihre eigenen momentanen Probleme Gedanken machen müssen.

Als sie älter wurde, wurde ihr nach und nach bewusst, dass es nicht überall so einfach war wie hier und, dass es nicht allen so gut ging wie ihr. Doch bevor sie Amir kennen gelernt hatte, war dieses Wissen noch sehr abstrakt. Ihr war lange nicht klar gewesen, wie viele Menschen wie er, nicht wie sie selbstverständlich eine Uni besuchen und an allen gesellschaftlichen Bereichen teilhaben konnten; nicht einfach offen ihre Meinung sagen konnten, ohne Gewalt fürchten zu müssen. Mittlerweile dachte sie oft daran, was passieren würde, wenn seine Eltern die Wahrheit wüssten; eine Vorstellung, die ihr richtig Angst bereitete.

Doch trotz alledem bereute sie nichts; sie bereute nicht, mit alledem konfrontiert worden zu sein; bereute es nicht, Amir getroffen zu haben.

Am Abend telefonierte Lydia mit Amir. „Hallo Schatz", hauchte er ins Telefon „Wie war dein Tag?"

„Ganz nett", antwortete sie „Ich habe mich heute mit Natalie getroffen."

Amir unterdrückte ein Seufzen. Er wusste, dass Natalie ihn wegen seiner Meinung ablehnte, wie so viele andere auch.

So wechselte Lydia das Thema, um ihn nicht weiter damit zu belasten. „Ja und ich bin heute deswegen nicht so viel zum Lernen gekommen, aber ich liege eh gut in der Zeit", meinte sie.

Wie immer war Amir interessiert an dem, was sie zu sagen hatte, doch ihn beschäftigte eindeutig noch etwas Anderes. So beschloss sie, das direkt anzusprechen und fragte ihn, wie es ihm ginge.

„Ja… also es war eigentlich nichts Besonderes, aber es wird immer schwieriger die Fassade des gläubigen Moslems aufrecht zu halten. Allein die ganzen Gebete widern mich mittlerweile an und ich drücke mich immer öfter davor, auch wenn ich das nicht sollte. Mein Vater wird immer misstrauischer. Ich lebe einfach nur noch eine Lüge. Manchmal glaube ich, es wäre besser, einfach offen zu sagen, dass ich nicht mehr gläubig bin. Aber ich weiß, dass mein Vater das nicht akzeptieren wird. Solange ich den Zivildienst mache, kann ich nicht von ihnen unabhängig werden. Ich verdiene damit einfach nicht genug Geld, um mir ein eigenes Leben leisten zu können. Ich will auch nicht den Kontakt zu meiner Familie abbrechen, aber mit ihnen im selben Haus leben, kann ich echt nicht mehr lange."

Erneut spürte Lydia einen Kloß in ihrem Hals, wissend, dass sie Amir nicht helfen konnte. Alles, was sie im Moment tun konnte war, ihre eigenen Aufgaben so gut wie möglich zu erledigen. So versuchte sie ihn zu beruhigen. „Ich weiß Schatz", sagte sie „Aber es sind nur noch ein paar Monate. Wenn du nicht mehr zu Hause wohnst, kriegen deine Eltern nicht mehr mit, ob du betest oder nicht oder was du sonst so machst."

Amir seufzte abermals. „Ja, vielleicht hast du Recht. Vielleicht wird das alles bald vorbei sein und ich kann aufhören, eine Lüge zu leben. Irgendwie muss ich diese Zeit halt ertragen."

Dann schwiegen sie beide. Sie klammerten sich an die Hoffnung, dass bald bessere Zeiten kämen-wenn er endlich von seinen Eltern unabhängig wäre und sie ihren Vater zur Vernunft gebracht hätte. Doch die Zeit bis dorthin mussten sie durchstehen. Lydia begann von ihrer gemeinsamen Zukunft zu sprechen; einer Zukunft, in der sie all diesen Problemen entkommen wären; wo Amir unabhängig war und Lydias Vater die Wahrheit akzeptiert hatte.

Nach ihrem Telefonat ging Lydia bald ins Bett. Sie hatten bis spät in die Nacht hinein miteinander gesprochen. Amirs Worte gingen ihr noch lange nicht aus dem Kopf. Bald würde alles besser werden, sagte sie sich; für sie beide, doch vor allem für Amir, dem die Situation sehr zu schaffen machte. Lydia schloss die Augen und stellte sich vor, wie es wäre, wenn sie beide endlich frei wären. Mit diesen süßen Bildern im Kopf schlief sie schließlich ein.

Endlich kam der Tag, an dem ihre Eltern wegfahren würden. Sie verabschiedeten sich am späten Vormittag und sagten, Daniel und sie sollen einfach Pizza bestellen. So bestellte ihr Bruder sobald ihre Eltern weg waren Pizza für drei Personen, denn Amir würde schließlich auch kommen. Aufgeregt wählte Lydia seine Nummer. Es dauerte eine Weile, bis er abhob. „Ah, Lydia....", er wirkte ein wenig nervös.

„Hallo, Amir? Geht es dir gut? Meine Eltern sind gerade weggefahren. Du kannst jetzt jederzeit zu mir kommen."

„Ok, gut... ich komme sobald ich kann."

Mit diesen Worten legte er auf. Lydia starrte auf ihr Handy. Weshalb war er so aufgeregt gewesen? War irgendetwas passiert? Sie versuchte, sich keine Gedanken zu machen und beruhigte sich damit, dass sie wahrscheinlich ohnehin alles bald erfahren würde. Vielleicht waren bloß seine Eltern in der Nähe gewesen.

So verdrängte sie den Gedanken und begann stattdessen die Küche etwas aufzuräumen. Dennoch ließ sie die Sorge nicht los, dass er Probleme hatte. Es dauerte lange, bis er kam. Lydia ging in Gedanken den Weg durch, den er zu fahren hatte. Er musste zweimal umsteigen. Vielleicht hatten die U-Bahnen Verspätung.

Lydias Sorgen verschwanden erst, als Amir schließlich vor der Tür stand. Sie bat ihn herein. „Lydia, es tut mir leid, ich wollte schon viel früher hier sein, aber... meine Eltern fragen mich seit Kurzem immer wenn ich aus dem Haus gehe, was ich mache und mit wem ich mich treffe. Ich behaupte dann, dass ich Dienst habe. Aber ich kann nicht immer vorgeben, Dienst zu haben."

Lydia nickte. „Denkst du, sie ahnen etwas?"

Amir zuckte mit den Schultern. „Ich weiß es nicht. Sie werden generell immer misstrauischer. Deswegen machen sie sich auch Sorgen wegen der Leute, mit denen ich mich treffe. Ich habe mehr österreichische Freunde als ihnen lieb ist."

„Und was sagst du, wenn du es nicht auf den Dienst schieben kannst?", fragte Lydia.

„Naja, manchmal sage ich einfach, ich wäre bei Osim und seiner Familie. Die sind wenigstens Muslime. Aber auch sie sind meinem Vater viel zu liberal. Samar trägt nicht einmal ein Kopftuch... außerdem will ich eigentlich niemanden anderen in die Sache mit reinziehen."

Lydia nickte und beschloss, das Thema zu wechseln. Sie wollte nicht, dass diese Probleme ihn noch mehr belasteten. „Übrigens, Daniel hat Pizzen bestellt", erklärte sie „Sie sind wahrscheinlich in der Zwischenzeit schon kalt geworden." Lydia führte ihn in die Küche, wo Daniel während ihres Gesprächs gewartet hatte.

„Oh... hallo Daniel", sagte Amir schnell. Plötzlich wirkte er etwas angespannt, denn als er Daniel zuletzt getroffen hatte, waren diesem seine Vorurteile deutlich anzumerken gewesen. Doch Daniel grüßte nur höflich zurück. Nachdem Lydia ihm ausführlich über Amir erzählt hatte, schien es ihm leid getan zu haben, dass er von vornherein davon ausgegangen war, Amir würde sie schlecht behandeln, weil sie eine Frau war.

So aßen sie zusammen zu Mittag. Daniel war die Situation sichtlich unangenehm, doch er versuchte mit Amir ein Gespräch zu beginnen. „Und, wie lange hast du noch Zivildienst?"

„Ich habe diesen Monat begonnen. Also noch fast alles vor mir."

„Oh Gott", meinte Daniel „Ich bin mit dem Bundesheer zum Glück schon fertig. War auch ziemlich scheiße, aber wenigstens musste ich keine Kotze in Krankenhäusern wegwischen oder alten Omas die Windeln wechseln."

„Eigentlich mache ich das auch nicht", erwiderte Amir „Ich bin Rettungsfahrer."

„Ach so", murmelte Daniel „Naja, das klingt ja nicht ganz so schlimm." Kurz schwiegen die beiden, dann fragte Daniel weiter: „Und was machst du in deiner Freizeit?"

„Also im Moment habe ich nicht viel Freizeit aber grundsätzlich lese ich viel, aber eher Sachbücher als Romane. Außerdem spiele ich Schach."

„Und was sagen deine Eltern dazu?", fragte Daniel „Ich meine, Schachspielen ist doch im Islam verboten, oder?"

„Sie wissen natürlich nichts davon. Als ich Atheist wurde, habe ich die ganzen verbotenen Sachen ausprobiert. Natürlich habe ich auch schon vorher viel Verbotenes gemacht."

„Hey, wie wär`s? Ich lade dich einmal zu einer Partie Schach ein und der Verlierer muss dem Gewinner ein Bier ausgeben."

Amir lachte. „Bin dabei."

Nach dem Essen ging Lydia mit Amir in ihr Zimmer. Es war nicht gerade aufgeräumt. Zetteln und Bücher, großteils Material für die Uni, lagen am Schreibtisch und am Boden verteilt.

Amir begann, in ihren Zetteln und Büchern zu blättern und überflog einige. Danach zeigte ihm Lydia ihre Zeichnungen von früher. Das meiste waren nur schnelle Skizzen. Doch sie alle zeigten Lydias Liebe zur Kunst der Renaissance, denn alle waren sie in diesem Stil gezeichnet.

Amir betrachtete jedes einzelne ihrer Bilder aufmerksam. Lydia konnte nicht umhin sich zu fragen, was er darüber dachte.

Kurz war es ihr unangenehm, dass er alle ihre Zeichnungen so genau betrachtete. Doch Amir war kein Kunstkritiker oder Lehrer; er war ihr Freund.

Lydia näherte sich ihm von hinten und legte die Arme um seine Schultern. Ihr Herz begann schneller zu schlagen, als sie ihn zu sich zog und dann mit der Hand sanft über seine Schulter strich. Amir hob den Kopf und sah zu ihr auf. Lydia sah so vieles in seinen dunklen Augen; all seine Zärtlichkeit, seine Hingabe, seine Sehnsucht nach einem freien Leben und all den Schmerz, der für Momente aus seinem Blick verschwand, wenn er bei ihr war. Lydia fuhr mit den Fingern durch sein Haar, strich dann sanft über seine Wange. Amir schloss die Augen; gab sich ganz ihrer Zärtlichkeit hin. Lydia rückte noch näher. Ihr Herz hämmerte in ihrer Brust. Dieselbe freudige Erregung, die sie immer spürte, wenn sie ihm nahe war überkam sie nun mit all ihrer Wucht; spülte alles andere fort. Sie schloss die Augen und drängte sich enger an ihn. Sanft küsste sie ihn. Seine Lippen waren warm und weich auf den ihren. Kurz löste sie sich von ihm, um ihm erneut in die Augen zu sehen. Amir legte ihre Zeichnungen behutsam auf den Tisch. Dann küssten sie sich erneut. Lydia wusste nicht, wie lange sie so eng umschlungen dasaßen.

Irgendwann stand sie auf und nahm ihn bei den Händen. Amir folgte ihr. Langsam führte sie ihn zu ihrem Bett. Ihr Herz hämmerte so schnell in ihrer Brust, dass sie das Gefühl hatte, zu explodieren. Lydia ließ sich niedersinken und zog ihn zu sich. Sie beide nahmen nur noch einander wahr. Lydia spürte jede Berührung, fast zu intensiv, doch die Welt um sie herum hörte für den Moment auf zu existieren.

Ungewissheit

In den paar schönen Stunden, die sie mit Amir allein gewesen war, hatte Lydia all den Ärger verdrängen können. Selbst am nächsten Morgen fühlte sie sich noch ungewohnt leicht. Lydias Eltern kamen bereits am frühen Vormittag nach Hause, doch sie dachte nicht an die vielen Probleme. Stattdessen füllte sie ihren Geist mit süßen Erinnerungen. In ihrem Kopf erlebte sie alles noch einmal. Sie spürte, wie Amir ihren Hals küsste, während seine Hand sanft ihren Körper entlangglitt. Lydia streckte sich in ihrem Bett und stellte sich vor, Amir würde noch neben ihr liegen.

Auch, als sie später für die Uni lernte, kamen immer wieder Erinnerungen an den vorigen Tag zu ihr zurück. So musste sie sich immer wieder zwingen, ihre Aufmerksamkeit wieder auf ihren Lernstoff zu richten. Doch im Moment machte sie sich keine Sorgen, dass irgendetwas Schlimmes passiert war, noch belasteten die anhaltenden Probleme mit ihrem Vater sie allzu sehr.

Erst als Amir sie an diesem Abend nicht, wie sonst immer anrief, begann sie sich wieder zu sorgen. War irgendetwas passiert? Gab es Schwierigkeiten mit seiner Familie? Lydia versuchte den Gedanken zu verdrängen. Wahrscheinlich hatte er bloß viel Anderes zu tun; vielleicht mehrere Rettungseinsätze an diesem Abend.

So versuchte sie sich wieder auf ihr Studium zu konzentrieren und blickte auf ihre Notizen. Sie unterdrückte krampfhaft alle Gedanken, die sie ablenkten. Doch es war schwer, irgendetwas von dem, was sie las im Gedächtnis zu behalten.

Auch am nächsten Tag rief Amir sie nicht an. Sie bekam den ganzen Tag keine Nachricht von ihm. So versuchte sie am Abend ihn zu erreichen. Mit zitternden Fingern rief sie Amir an. Lydia hielt das Handy an ihr Ohr. Sie wartete lange, doch vergeblich.

Sie bekam keine Verbindung zu ihm. Sie starrte auf ihr Handy. Wieso hob er nicht ab? Wieso rief er sie nicht mehr an? Lydia begann unruhig im Zimmer hin und herzugehen. In ihrem Kopf liefen alle möglichen Szenarien ab, was passiert sein könnte. Sie versuchte all diese Gedanken beiseite zu schieben. Bestimmt hatte er bloß gerade viel Stress. Vielleicht hatte er auch sein Handy verlegt, oder es hatte ein technisches Problem. Diese Vorstellung beruhigte Lydia ein wenig. Doch ganz konnte sie ihre nagende Angst nicht verdrängen.

Beim Abendessen versuchte Lydia sich nichts anmerken zu lassen. Ihr Vater war momentan der Letzte, dem sie sich anvertrauen wollte. Würde sie ihm von Amirs Lage erzählen, so würde ihn das in seinen Vorurteilen nur noch bestärken.

Wie meistens redete Lydia nicht viel mit ihrer Familie. Sie hatten einfach kaum gemeinsame Interessen, über die sie sich unterhalten konnten. Sie erzählte nicht viel über ihr Studium, denn der Rest ihrer Familie wusste nichts damit anzufangen. Keiner von ihnen war je auf einer Uni gewesen. Ihr Vater hatte ein Unternehmen, in dem sowohl ihre Mutter als auch Daniel angestellt waren. Ihr Bruder hatte zwar die Matura gemacht, wollte dann aber möglichst schnell Geld verdienen.

Nach dem Abendessen blätterte ihr Vater in einer Zeitung. „Na toll, noch mehr Flüchtlinge!", schimpfte er „Ich sag euch, die werden unser Land noch komplett zerstören. Verbrauchen Unmengen Steuergelder von Leuten wie mir, die ihr Leben lang hier gearbeitet haben. Arbeiten tun sie eh nichts, weil ihnen von der Caritas alles nachgeworfen wird. Aber schlimmer als das ist, dass sie ihre rückständige Kultur hier verbreiten! Unsere Frauen werden sich bald nicht mehr allein aus dem Haus trauen!"

„Ja", meinte Daniel „In den islamischen Ländern lernen sie ja von klein auf, dass Frauen Menschen zweiter Klasse sind."

„Ja klar!", rief ihr Vater „So steht`s auch im Koran! Der ruft sie ja ständig dazu auf, Frauen wie Dreck zu behandeln und Ungläubige umzubringen. Und genau das werden sie hier machen! Sie werden schleichend den Islam hier verbreiten und dann haben wir hier bald Shariagesetze!"

„Naja, ich weiß nicht", meinte Daniel „Wir haben schließlich eine Verfassung. So viele Muslime sind es dann auch nicht, dass das so leicht möglich wäre. Außerdem sind ja nicht alle so extrem. Aber es wird sich sicher einiges verschlechtern, vor allem für Frauen. Sie werden sich bald nicht mehr so sicher fühlen können."

„Glaub mir Daniel, du unterschätzt das! Sie werden ja immer mehr. Nicht nur kommen täglich tausende von denen zu uns, die durchschnittliche muslimische Frau kriegt auch noch acht Kinder. Und man darf ja diese rückständige Kultur gar nicht mehr kritisieren! Die Linken akzeptieren absolut alles, wenn es von einer Minderheit kommt, nur bei uns regen sie sich wegen jedem Scheiß auf", rief ihr Vater.

Lydia versuchte nicht hinzuhören. Manchmal musste sie fast lachen über die Bedrohungsszernarien, die ihr Vater zum Besten gab. Durch ihr Studium kannte sie die tatsächlichen Zahlen und Fakten gut und was ihr Vater gerade von sich gab, erschien ihr einfach lächerlich. Doch viel mehr belastete sie der Gedanke daran, wie vehement er Amir ablehnte, weil er ihn mit alledem assoziierte. Jedes Mal, wenn ihr Vater so redete, wurde sie sich erneut der Hoffnungslosigkeit ihrer Situation bewusst und verlor immer mehr den Glauben daran, dass er doch noch zur Vernunft kommen würde.

„Man hätte es nie so weit kommen lassen dürfen!", redete ihr Vater weiter „Wir hätten in Europa von Anfang an alle Grenzen dicht machen müssen! Aber stattdessen haben wir tausende Migranten aufgenommen und man hat ja lange Zeit gar nichts dagegen sagen können, ohne von einer Horde Gutmenschen als Nazi beschimpft zu werden. Und das alles nur wegen dieser Scheiß Merkel!"

„Das stimmt!", pflichtete ihm Daniel bei „Da hätte man viel früher einen Schlussstrich ziehen müssen. Vor allem sind wir eh schon überbevölkert, da braucht man echt nicht noch mehr Menschen ins Land lassen, die sich dann auch noch viel schneller vermehren."

„Ja, es ist ein echter Wahnsinn!", rief ihr Vater „Im Jahr 2050 werden wir hier 50 Prozent Muslime haben! Unsere Zivilisation steht kurz vor dem Untergang!"

Lydia seufzte. Diese Prognose war noch von keiner seriösen demographischen Erhebung auch nur ansatzweise bestätigt worden. Dennoch wurde sie verwendet, um Panik zu verbreiten.

Lydia beschloss, ihren Vater einfach weiter schimpfen zu lassen. Sie hatte es längst aufgegeben, mit ihm über politische Themen zu diskutieren. So ging sie zurück in ihr Zimmer und blickte erneut auf ihr Handy. Amir hatte ihr noch nicht geantwortet. Lydia ließ sich auf ihr Bett sinken. Sie schloss die Augen. Er würde sich bestimmt bald bei ihr melden.

Amir rief sie an diesem Abend wieder nicht an. Stattdessen meldete sich Natalie. Lydia sprang auf, als sie das Handy klingeln hörte. Doch als sie die Nummer sah, überkam sie Enttäuschung. Sie hob trotzdem ab.

„Hallo, Lydia!", rief Natalie munter.

„Hallo", entgegnete Lydia und versuchte ebenfalls begeistert zu klingen.

„Du Lydia, ich wollte dich fragen, ob du morgen Zeit hast?", plapperte Natalie darauf los.

„Wofür?", fragte Lydia.

„Also, morgen machen ein paar Leute von Antifa eine Demo gegen Rechts und wir verteilen auch Flyer, auf denen wir über die momentane politische Situation und rechte Propaganda informieren. Es wäre wirklich schön, wenn du auch kommen könntest."

„Äh...", Lydia überlegte fieberhaft nach einer Ausrede. Sie wollte eigentlich nicht hingehen. „Also... ich kann leider nicht. Ich gehe morgen mit meinem Vater und meinem Bruder zum Bowling."

„Oh... schade", meinte Natalie.

„Ja, wir haben uns das schon ewig ausgemacht", sagte Lydia.

„OK... naja, vielleicht kannst du ja nächstes Mal", sagte Natalie „Ich weiß, es ist jetzt sehr kurzfristig."

„Ja", murmelte Lydia „Ich muss heute auch noch viel für die Uni tun."

„Natürlich, ich habe heute auch noch einiges zu tun", meinte Natalie.

„OK, dann sehen wir uns hoffentlich bald. Bis dann."

„Tschüss."

Lydia legte auf. Sie war erleichtert sich herausgewunden zu haben, denn die ganzen Gruppen, mit denen Natalie in letzter Zeit zu tun hatte, waren ihr einfach viel zu radikal. Sie versuchte tatsächlich noch etwas zu lernen, gab es aber bald wieder auf. Sie war viel zu unruhig und konnte nicht stillsitzen. Bald ging sie in ihrem Zimmer auf und ab. Die selben Gedanken verfolgten sie immer und immer wieder, bis spät in die Nacht hinein.

Am nächsten Morgen ging Lydia gleich nach dem Frühstück in den Wienerwald. Sie musste sich irgendwie auf andere Gedanken bringen. Die Bewegung und die frische Luft ließen ihre Nerven sich ein wenig beruhigen. Sie betrachtete intensiv die Landschaft um sich herum. Als sie an einer besonders schönen alten Eiche vorbeikam, zog sie spontan ihren Skizzenblock und einen Stift aus ihrer Tasche. Sie setzte sich auf die gegenüberliegende Seite des Weges und begann den Baum zu zeichnen. Erst skizzierte sie nur blass die Umrisse, dann arbeitete sie immer mehr Details heraus, definierte erst genau die Konturen des Baumes, bis sie immer mehr schattierte und die Textur der Rinde herausarbeitete. Sie konzentrierte sich mehr auf den Stamm und den Verlauf der Äste, als auf die Blätter, die schon langsam begannen herabzufallen. Immer wenn sie zeichnete, vergaß sie alles um sich herum und konzentrierte sich voll und ganz darauf. Ihre Aufmerksamkeit galt einzig dem Papier vor ihr und dem Motiv.

Während sie im Wald unterwegs war, konnte sie ihre Sorgen weitestgehend verdrängen, doch sobald sie wieder zu Hause war, kamen sie zurück. Lydia blickte auf ihr Handy, doch Amir hatte sich nicht bei ihr gemeldet. So versuchte sie ihn erneut anzurufen. Wieder bekam sie keine Antwort. Lydia ließ ihr Handy sinken. Sie atmete scharf aus. Fieberhaft überlegte sie, weshalb er sie nicht anrief. Auf der Suche nach Antworten rief sie ihren Twitteraccount auf, um zu sehen, ob Amir hier aktiv gewesen war. Lydia stutzte. Auf ihrem Bildschirm waren sofort etliche Tweets von ihm zu sehen. Er war offensichtlich weder zu beschäftigt, noch zu krank gewesen, um ihr eine Nachricht zu hinterlassen. Nun wurde Lydia wütend. Wieso meldete er sich nicht bei ihr? Wie konnte er sie bloß ohne eine Nachricht in all ihren Zweifeln allein lassen. Kurz befürchtete sie, er hätte ihr den Rücken gekehrt. War ihre Beziehung vielleicht am Ende nicht das gewesen, wofür Lydia sie gehalten hatte? Waren ihm vielleicht all die Probleme zu viel geworden und er hatte sie aufgegeben? War sein Interesse an ihr am Ende vielleicht bloß körperlich gewesen?

Lydia verdrängte den Gedanken. Es musste eine andere Erklärung geben! Vielleicht gab es Probleme mit seinem Handy. Möglicherweise hatte er es einfach verloren. Oder es gab ein technisches Problem, weswegen er sie nicht anrufen konnte.

Lydia loggte sich in Facebook ein. Auch hier hatte sich Amir nicht bei ihr gemeldet. So schrieb sie ihm eine Nachricht: „Amir, ich habe seit Tagen nichts von dir gehört. Ich habe mehrfach versucht, dich anzurufen. Gibt es irgendwelche Probleme, Amir? Melde dich bitte bei mir!" Mit zitternden Fingern drückte sie auf die Entertaste, um ihre Nachricht abzuschicken. Etwas Endgültiges begleitete diesen Schritt. Nun, da sie die Nachricht geschickt hatte, konnte sie es nicht mehr rückgängig machen. Es führte nun kein Weg daran vorbei; sie würde sehen, ob und wie er sie beantwortete. Ihr war klar, dass irgendetwas Schlimmes passiert sein musste, doch sie konnte nun nur noch dasitzen und warten.

Lydia ließ sich schwer atmend in ihren Sessel sinken. Doch bald zwang sie sich, aufzustehen und ging in die Küche. Sie beschloss nicht vor dem Bildschirm zu warten, ob er ihre Nachricht schon beantwortet hatte. Irgendwie musste sie sich ablenken. So nahm sie sich einen Schokoriegel. Dann ging sie wieder in ihr Zimmer und versuchte zu lernen; zwang sich ihre Aufmerksamkeit auf den Vorlesungsstoff zu richten.

Doch am Abend, als sie sich mit zitternden Fingern in Facebook einloggte, sah sie, dass Amir ihre Nachricht zwar gelesen, aber nicht beantwortet hatte. Lydia verstand die Welt nicht mehr. Sie spürte so viel Wut und Verzweiflung, dass sie ihren Laptop auf dem Boden zerschmettern hätte können. Sie wollte schreien, doch sie hielt sich zurück. Ihr Vater sollte nichts von alledem merken. Lydia zwang sich dazu, Ruhe zu bewahren. Sie atmete mehrmals tief durch. Dann schrieb sie eine weitere Mitteilung an Amir. „Amir, ich weiß, dass du meine Nachricht gelesen hast! Ich versuche seit Tagen, dich zu erreichen und du tust so, als ob ich nicht existieren würde. Was immer dein Problem ist, sag endlich, was los ist!" Dann schickte sie die Nachricht ab. Lydia blickte noch einige Zeit auf den Bildschirm. Ein Teil von ihr rechnete gar nicht mehr mit einer Antwort, während ein anderer Teil von ihr sich weigerte, das Offensichtliche zu akzeptieren.

Doch zu ihrer Überraschung bekam sie innerhalb weniger Minuten eine Reaktion. „Lydia, es ist sehr viel passiert. Wir werden uns in nächster Zeit nicht sehen können. Es tut mir leid." Mehr stand da nicht. Keine Erklärung. Nichts!

Lydia begann hysterisch zu schluchzen. Es war nun offensichtlich, doch sie weigerte sich, es einzusehen. Amir hatte sich von ihr abgewandt. Der Amir, mit dem sie so viele Aspekte ihres Lebens geteilt hatte; dem sie bedingungslos vertraut hatte! Sie konnte es einfach nicht begreifen. Doch vielleicht war ihm alles schlussendlich zu viel geworden. Womöglich konnte er einfach nicht mehr. Vielleicht hatte er sich eine Freundin gesucht, die sein Vater akzeptieren würde. Oder hatte er gar einer arrangierten Ehe zugestimmt? Lydia konnte es nicht glauben, doch es deutete alles darauf hin, dass irgendetwas von alledem passiert sein musste. Ihrem Verstand war klar, dass all ihr Glück, ihre süßen Träume und all die Hoffnung nun der Vergangenheit angehörten.

In dieser Nacht lag Lydia noch Stunden wach. Sie konnte das alles nicht begreifen. Es war ihr zu viel; das Wissen, dass nach all dem, was sie mit Amir geteilt hatte nun alles vorbei sein sollte. Lydia weinte, mehrere Stunden lange, bis sie schließlich vor Erschöpfung einschlief.

Sie erwachte langsam, als die Sonne bereits hoch am Himmel stand. Für einen Augenblick schien es ein ganz normaler Tag zu werden, doch dann kehrten ihre Erinnerungen Stück für Stück zurück. Ihr Inneres fühlte sich leer an. Es war als wäre ihre Welt zerbrochen. Lydia stand auf und verließ ihr Zimmer. Wie durch fremde Hand gesteuert erledigte sie ihre alltägliche Routine und vermied dabei tunlichst jeglichen Kontakt zu ihrer Familie.

Als sie kurz vor Mittag wieder in ihrem Zimmer war, klingelte ihr Handy. Sie schaute auf den Bildschirm und sah eine unbekannte Nummer. Ohne echtes Interesse hob sie ab. „Hallo, Lydia Schwarz hier", sagte sie mit tonloser Stimme.

Erst geschah lange nichts. Dann antwortete eine leise Stimme: „Lydia."

„Amir!" entfuhr es ihr.

„Ähm... Lydia...", seine Stimme zitterte.

Kurz spürte Lydia einfach nur Freude darüber seine Stimme zu hören, doch dann erwachte erneut ihre Wut. „Amir verdammt, was war los?!? Hast du eigentlich eine Ahnung, was für Sorgen ich mir gemacht habe?!" Noch im selben Moment als sie das sagte, hatte sie Angst vor dem, was er ihr gleich sagen würde.

„Äh... ja", stammelte er. Dann schien er nicht weitersprechen zu können. Lydia glaubte zu hören, wie er mit den Tränen kämpfte. Irgendetwas schien ihm schwer zu schaffen zu machen. Es musste etwas Schreckliches passiert sein, schoss es ihr durch den Kopf.

„Amir, was hast du?", stotterte sie.

Es dauerte lange, bis er weitersprechen konnte. „Meine Eltern wissen von uns! Einer meiner Cousins hat uns gesehen, als wir aus dem Wald zurückgekommen sind. Mein Vater hat mir mein Handy weggenommen und all meine Nachrichten gelesen. Er war sehr wütend und sagte, er hätte gewusst, dass ich in Sünde lebe und er könne nicht akzeptieren, dass ich mit einer Ungläubigen zusammen bin."

Lydia atmete scharf aus. „Was machen wir jetzt?" fragte sie.

„Ich weiß es nicht. Ich werde erstmals sehen, wie sich die Situation entwickelt. Zum Glück kann er meinen Twitteraccount nicht ohne Passwort öffnen. Wenn er wüsste, dass ich Atheist bin...."

Lydia versuchte ruhig zu bleiben. „Von wo aus rufst du mich eigentlich an?"

„Ich bin bei Herr Ylmazt, ich benutze Osims Handy."

„Osim", murmelte Lydia. Osim war einer der wenigen Muslime in Amirs Freundeskreis. „Weiß er alles?"

„Ja, ich habe ihm alles erzählt. Mein Vater wird weniger misstrauisch, wenn ich mich mit Muslimen treffe, obwohl ihm die ganze Familie Ylmatz eigentlich zu liberal ist. Wenigstens glaubt er, sie können mich nicht zum Unglauben verleiten. Wenn er wüsste, dass ich längst nicht mehr glaube..." Amir unterbrach sich. Dann schien er lange zu überlegen. „Jetzt muss ich noch viel besser aufpassen, dass er keinen Verdacht schöpft. Ich weiß nicht, wie es weitergehen wird.... Ich verspreche, dass ich mich so oft ich kann bei dir melden werde."

Lydia nickte. „Ist gut", antwortete Lydia mit tränenerstickter Stimme.

„Versuch dir keine Sorgen zu machen. Ich versuche meinen Vater erstmals zu besänftigen und halte dich auf dem Laufenden."

„Gut", sagte Lydia.

Sofort, als Amir aufgelegt hatte, sank Lydia in ihrem Sessel zusammen. Ihr ganzer Körper zitterte. Es war unmöglich zu beschreiben, was sie in dem Moment fühlte. Zum einen war sie tief erschüttert, über das Wissen, dass Amirs Eltern von ihnen erfahren hatten. Doch sie empfand auch Erleichterung darüber, dass Amir immer noch zu ihr stand. Wie hatte sie nur allen Ernstes glauben können, er hätte sich von ihr abgewandt?

Sie schloss die Augen und atmete mehrmals tief durch. Es gab im Moment nichts, was sie tun konnte, sagte sie sich. Es war nun an Amir, das Misstrauen seiner Familie zu beruhigen und dann nach einer Lösung zu suchen.

Amir schien auch eifrig dabei zu sein, sich Lösungen zu überlegen. Denn am nächsten Abend rief er sie erneut an. Wieder war die Nummer Lydia nicht bekannt. „Lydia", sagte er. Er redete sehr leise.

„Ja, Amir, wie geht es dir? Ist alles in Ordnung?"

„Ja, mir geht es gut. Mein Vater und meine Brüder beobachten mich ständig. Mein Vater hat gestern Abend wieder mein Handy kontrolliert. Ich habe es heute geschafft, mir ein zweites zu kaufen. Ich benutze das jetzt nur, um dich anzurufen."

Lydia nickte. „Ist es gefährlich für dich im Moment?"

„Naja, ich muss echt vorsichtig sein. Ich fürchte, dass mein Vater alles versuchen wird, um mich wieder auf den rechten Weg zu bringen. Er hat davon gesprochen, dass ich vielleicht von Dämonen besessen wäre und ich hätte zu viel Kontakt zu Ungläubigen und er wollte mich zu einem Imam bringen, der meinen Glauben wieder festigt und so weiter."

Lydia erschrak. „Was heißt das genau? Sie tun dir doch nichts, oder?"

„Nein. Solange ich brav mitspiele, wird mir nichts passieren. Es wäre bloß noch mehr Theater."

Lydia atmete auf. „Gut", murmelte sie „Bitte halte mich wenn es geht auf dem Laufenden."

Nachdem sich Amir von ihr verabschiedet hatte, sank Lydia zu Boden. Ihr Atem ging schnell und unregelmäßig. Lydia versuchte, ihre Gedanken zu ordnen. Sie blickte in den Spiegel an der Wand. Ihr Gesicht war blass und sie hatte dunkle Ringe unter den Augen. Die Ereignisse der letzten Tage waren ihr einfach zu viel gewesen. Lydia schloss die Augen. Sie musste sich sammeln. Es würde alles gut werden, sagte sie sich. Doch irgendwie hatte sie trotz allem nicht erwartet, dass ihr ihre Beziehung so schnell so große Probleme bereiten würde.

Doch all das hatte ihr auch gezeigt, wie eng ihre Bindung zueinander war und, dass Amir sie nicht aufgeben würde, egal, was geschah. Dieses Wissen gab ihr die Kraft weiterzumachen. Mehr denn je wusste sie, dass auch sie sich niemals von ihm abwenden würde. Sie würde zu ihm halten, egal wie widrig die Umstände sein würden.

Im Stich gelassen

Lydia lag in ihrem Bett und starrte in die Dunkelheit. Obwohl sie sehr müde war, konnte sie nicht einschlafen. Zwar hatte sie jetzt Klarheit, doch genau dadurch war ihr das Ausmaß ihrer beider Misere erst richtig bewusst geworden. Sie fragte sich, ob sie und Amir jemals ein normales und glückliches Leben führen könnten, ohne dass sie ihren Familien den Rücken kehren müssten.

Lydia seufzte. Sie wälzte sich in ihrem Bett hin und her, doch jede Position schien ihr unangenehm. Erst, als es draußen bereits hell wurde, schlief sie schließlich doch ein.

Als sie schließlich aufstand versuchte sie sich möglichst normal zu verhalten. Die Ereignisse der vergangenen Tage waren ihr dennoch deutlich anzusehen. Ihr Gesicht war blass und sie hatte dunkle Ringe unter den Augen. Ihr Haar hing schlaff herunter. So verbrachte sie die meiste Zeit in ihrem Zimmer und hoffte, dass ihre Familie nichts bemerken würde. Doch ausgerechnet ihrem Vater fiel ihr verändertes Erscheinungsbild trotzdem auf. „Lydia, um Himmels willen! Was ist los mit dir? Du siehst aus, als ob du seit Tagen nicht mehr geschlafen hättest!", rief er.

„Ja, ich habe zur Zeit einfach viel Stress, weil ich bald zwei Prüfungen habe. Ich habe die letzten Tage immer bis spät in die Nacht gelernt."

Ihr Vater schnaubte. „Warum du auch studieren musst, anstatt gleich zu arbeiten. Ist sowieso alles unnötig. Am Arbeitsmarkt bringt dir das gar nichts. Es wäre besser gewesen, wenn du gleich nach der Schule zu arbeiten angefangen hättest", maulte er. Diese ständige Kritik an ihrem Studium ärgerte Lydia. Doch es war ihr immer noch lieber, als wenn er den wahren Grund kennen würde.

Am nächsten Tag trug Lydia deutlich mehr Make-up auf als sonst, um ihr kränkliches Aussehen zu verbergen. Es gelang ihr tatsächlich ihre Augenringe zu kaschieren und ihrem Gesicht eine etwas lebendigere Farbe zu geben. Sie versuchte, sich auch wieder auf ihr Studium zu konzentrieren, so richtig gelingen wollte es ihr aber nicht. In Wahrheit wartete sie den ganzen Tag, dass Amir sie wieder anrief und sie vielleicht etwas Neues über seine Situation erfahren würde. Er schickte ihr am Abend eine SMS, dass alles in Ordnung sei und sie sich keine Sorgen machen sollte. Außerdem fragte er sie, wie es ihr ginge und was sie gerade tat. So ähnlich lief ihre Kommunikation in den folgenden Tagen ab. Oft schickte er ihr auch zwischendurch eine Nachricht, in der er ihr versicherte, dass er sie vermisse und sie antwortete meistens: „Ich vermisse dich auch." Doch nähere Informationen über ihn bekam sie nicht. Die Konversationen waren meist kurz, denn Amir musste immer noch sehr vorsichtig sein. Dennoch beruhigten sie diese einfachen Mitteilungen.

Obwohl sie jetzt wusste, dass keine akute Gefahr für Amir bestand, belastete es Lydia, dass sie kaum mit ihm reden, und sich auch sonst niemandem anvertrauen konnte. Ihr Vater würde sich nur in seinen Vorurteilen bestärkt fühlen und kein Mitgefühl für sie oder Amir zeigen. Auch ihr Bruder würde all das wahrscheinlich nicht verstehen. Sie dachte daran, Natalie anzurufen. Doch dann fiel ihr wieder Natalies Kommentar auf Twitter ein. Würde sie Verständnis zeigen, oder würde sie nur wieder über Amir herziehen und seine angebliche Islamophobie anprangern?

Lydia seufzte. Sie beschloss es zu versuchen, einfach, weil sie ihre Situation nicht länger aushielt. So wählte sie Natalies Nummer.

„Hallo, Lydia!", meldete diese sich aufgeweckt.

„Hallo, Natalie", sagte Lydia. Ihre Stimme war viel ernster. Sie war nicht zu einer überschwänglichen Begrüßung im Stande. „Natalie, können wir uns sehen? Ich meine heute."

„Natürlich. Ich habe noch bis vier Uhr Dienst. Dann kannst du mich gerne besuchen."

„Okay, passt", murmelte Lydia. „Dann bis später."

„Bis später."

Lydia setzte sich auf ihr Bett und überlegte. Sie musste sich die Zeit bis dahin irgendwie ablenken. Sie hatte noch fast zwei Stunden bis zum Mittagessen. Genug Zeit also, um noch einen kleinen Waldspaziergang zu machen. Sie zog sich eine Jacke an, rief Apollo und ging mit ihrem Hund zur U-Bahnstation, um möglichst schnell in der Nähe des Waldes zu sein. Als sie schließlich ankam, lief sie mit Apollo in den Wald bis zu der Wiese, wo sie ihrem Hund lange Zeit Stöcke warf, die er ihr schwanzwedelnd wiederbrachte. Einstweilen fühlte sie sich freier, doch komplett vergessen konnte sie ihre Sorgen nicht.

Am Nachmittag begab sich Lydia auf den Weg zu Natalies Wohnung. Dort angekommen wurde sie von Natalie überschwänglich begrüßt. Lydia versuchte ebenso begeistert zu wirken, doch es gelang ihr nicht, ihre Anspannung zu überspielen. Natalie merkte sofort, dass etwas nicht stimmte. Die beiden kannten einander zu gut, als dass ihr der Kummer ihrer Freundin entgehen hätte können.

„Ist irgendetwas, Lydia?" fragte sie.

Lydia zögerte. Sollte sie mit Natalie wirklich über Amir reden? Auch auf das Risiko hin, dass sie ihn erneut angreifen würde. Schließlich hatte Natalie nie versucht zu verbergen, dass sie ihn nicht sonderlich mochte und seine öffentliche Islamkritik ihr sauer aufstieß. Lydia verscheuchte den Gedanken. Natalie war ihre beste Freundin. Sie kannten einander seit Kindertagen. Auch wenn sie Amir nicht leiden konnte, so würde sie doch ehrliche Anteilnahme an Lydias Sorgen zeigen. So fing Lydia an, ihr die ganze Geschichte zu erzählen.

Natalie seufzte. „Hör zu Lydia, ich verstehe, dass dir das Sorgen machst, aber vielleicht ist es sowieso besser, wenn du das ganze einfach beendest."

Lydia stutzte „Bitte, was?"

„Naja", sagte Natalie vorsichtig „Du scheinst sehr verliebt zu sein, und ich verstehe das auch, da er wirklich sehr gut aussieht. Aber ich glaube fast, du bist blind vor Liebe."

„Was meinst du damit?", fragte Lydia scharf.

„Naja, ich glaube du erkennst einige Aspekte an seiner Persönlichkeit nicht richtig. Du siehst nur das Gute an ihm, aber er vertritt einige sehr Problematische Ansichten. Lies dir bitte einmal durch, was er auf Twitter postet."

„Ich weiß sehr genau, was er schreibt!" Lydia war fassungslos „Ich kann nicht erkennen, was daran falsch sein soll!"

Natalie schüttelte den Kopf. „Lydia, du siehst das Ganze nicht objektiv! Lies dir das Ganze mal in aller Ruhe durch und vergiss dabei, dass er dein Freund ist. Was er schreibt ist derartig rassistisch und islamophob...."

„Natalie!", rief Lydia aus „Amir ist kein Rassist. Er kritisiert den Islam, weil er in seinem Namen viel Schlechtes erlebt und vieles in seiner Kindheit und Jugend versäumt hat. Aber er spricht sich gegen jeden aus, der Muslime attackiert oder diffamiert. Es geht ihm darum, die Religion zu kritisieren. Das tun wir doch auch. Weißt du noch in der vierten Klasse, als du dem Religionslehrer immer erklärt hast, wie viel Schlechtes im Namen des Christentums getan wurde? Das, was Amir macht ist nichts Anderes."

„Doch Lydia! Vielleicht ist dir das entgangen, aber Muslime sind gerade das Feindbild Nummer eins der Rechtsextremen. Seine Kommentare helfen diesen Leuten nur, noch mehr Hass zu verbreiten. Er hetzt ja selber gegen seine ganze Kultur und hier nutzen ihn diese Leute aus. Weil er ja selber aus dieser Religion, dieser Kultur kommt, gibt ihm das scheinbar mehr Glaubwürdigkeit."

„Dir ist schon aufgefallen, dass er sich regelmäßig von solchen Leuten distanziert", entgegnete Lydia.

„Schon klar, Lydia. Er distanziert sich von den extremsten unter ihnen, aber am Ende unterstützt er ihre Weltanschauung, dass der Islam inhärent gewalttätig ist und man ihn hier in Europa bekämpfen muss."

„Ja, er spricht sich gegen den Islam aus, er sagt, dass der Islam gewalttätig ist, aber schau dir doch einfach einmal die islamischen Schriften an. Da wird beispielsweise zu Gewalt gegen Ungläubige aufgerufen. Trotzdem ist er gegen jegliche Diskriminierung von Muslimen", versuchte Lydia zu erklären.

„Lydia, du verstehst es einfach nicht! Du willst es nicht verstehen!", rief Natalie „Er unterstützt ein rassistisches Narrativ, das die Kultur von Minderheiten als defizitär betrachtet und zu ihrer Unterdrückung aufruft! Sieh dir nur mal an, wie er über Frauen mit Kopftuch redet. Das ist eindeutig rassistisch!"

„Das ist nicht wahr!", rief Lydia aus „Er kritisiert das Kopftuch, weil es zur Unterdrückung von Frauen benutzt wird. Aber er verteidigt mit derselben Vehemenz das Recht einer jeden Frau, ein Kopftuch zu tragen."

„Kann schon sein, aber mit seinen Aussagen erklärt er eindeutig die europäische Kultur für überlegen, außerdem nimmt er null Rücksicht auf Minderheiten."

„Du verstehst das vollkommen falsch, Natalie. Er will, dass jeder frei über sein eigenes Leben bestimmen kann. Das heißt, dass man sich frei entscheiden kann, ob man einen westlichen oder einen islamischen Lebensstil pflegt. Leider hat diese Wahl nicht jeder. Das siehst du doch an Amirs Situation. Er selbst kann ja auch nicht so leben, wie er will!"

„Ich will auch, dass jeder selbst über sein Leben bestimmen kann. Aber es ist einfach sehr bedenklich, wie abfällig er über seine Kultur spricht, vor allem, da ihm klar sein sollte, dass er damit rechte Propaganda unterstützt. Außerdem ist es rücksichtslos gegenüber allen gläubigen Muslimen, ihre Religion derart durch den Dreck zu ziehen!", erläuterte Natalie.

„Aber du kritisierst doch auch deine Kultur und das Christentum. Und du hast auch kein Problem, wenn ich mich über Jesus oder Moses lustig mache. Das ist doch genauso rücksichtslos gegenüber gläubigen Christen, oder?", meinte Lydia.

„Nein Lydia, das ist etwas ganz anderes. Christen werden nicht rassistisch diskriminiert. Außerdem wird ihre Religion nicht von Rechtsextremen dämonisiert."

„Aha, und deswegen dürfen wir uns nicht zu eindeutig vorhandenen Problemen äußern! Wenn wir uns deshalb zurückhalten, überlassen wir den Diskurs doch genau denen, die ihn benutzen, um rassistische Narrative zu verbreiten. Amir argumentiert differenziert. Er lehnt Religionen allgemein ab, nicht nur den Islam. Aber er verteidigt gleichzeitig das Recht eines Jeden, seine Religion frei auszuüben, solange damit niemandem geschadet wird."

„Du kannst ihn verteidigen, so viel du willst! Er ist ein Rassist und argumentiert einseitig. Für ihn ist der Islam das ultimative Böse und die westliche Zivilisation das ultimative Gute. Frauen mit Kopftuch sind auf jeden Fall Opfer ihrer Kultur. Außerdem ignoriert er komplett die Schuld, die der Westen an sehr vielen

Problemen im Nahen Osten hat. Er behauptet zwar gegen Rechtsextreme zu sein, aber eigentlich verhält er sich genauso wie einer."

„Das ist Schwachsinn!", rief Lydia. Sie konnte nicht verstehen, wie Natalie allen Ernstes so über Amir denken konnte. „Amir lehnt den Islam ab, weil viel Schlechtes in seinem Namen passiert und weil er selbst viel Schlechtes im Namen dieser Religion erfahren hat. Das bedeutet aber nicht, dass er die westliche Zivilisation idealisiert. Er ist sich der Gewalt, die westliche Länder begangen haben und es teilweise immer noch tun, vollkommen bewusst. Er sieht auch Frauen mit Kopftuch nicht per se als Opfer. Er lehnt das Kopftuch als religiöses Symbol ab, genauso wie er auch das Kreuz im Klassenzimmer ablehnt. Außerdem spricht er oft darüber, dass viele Frauen gezwungen werden, ein Kopftuch zu tragen. Das heißt aber nicht, dass er es denen, die es freiwillig tragen, verbieten will, oder, dass er abstreitet, dass sie es freiwillig tragen."

„Du willst einfach nicht sehen, wo das Problem liegt, Lydia!", stöhnte Natalie „Er hat all diese rassistischen Weltanschauungen, die Rechtsextreme haben. Wie viele anderen Rechten versucht er, seine Vorurteile harmloser darzustellen, als sie in Wahrheit sind. Du willst nicht sehen, was er ist, weil er dein Freund ist! Ich kann trotzdem nicht glauben, dass du all diese Lügen und Verharmlosungen einfach so geschluckt hast und jetzt ernsthaft seinen Fanatismus auch noch verteidigst!"

Lydia war schockiert, solch aggressiven Worte von Natalie zu hören, ihrer besten Freundin, mit der sie immer alles hatte teilen können.

„Hast du eigentlich jemals versucht, Dinge von einem anderen Blickwinkel zu sehen? Amir kritisiert eine Religion, in deren Namen er unterdrückt wird, in deren Namen unzählige Menschen unterdrückt und viele sogar umgebracht werden. Er muss ständig vor seiner Familie eine Lüge leben. Selbst bevor er sich vom Glauben abgewandt hat, hat er vieles vor seinen Eltern geheim halten müssen. Ich meine damit ganz normale Dinge, wie zum Beispiel mit 18 in die Disco gehen oder Alkohol trinken oder sich mit Frauen treffen. Und jetzt hat er Probleme, nur weil seine Eltern erfahren haben, dass er mit mir in einer Beziehung ist!" Lydias Stimme war viel schriller und lauter geworden, als sie es beabsichtigt hatte. Doch sie dachte nicht daran, sich zurückzuhalten. Sie konnte einfach nicht fassen, dass Natalie derart verständnislos reagierte.

„Ich sage ja auch nicht, dass seine Eltern richtig handeln! Natürlich gibt es auch schlechte Muslime, aber dann sollte man ihnen als Individuen die Schuld geben und nicht die Religion, die Kultur und alles verteufeln!", erwiderte Natalie.

„Wenn das alles aber im Namen dieser Religion geschieht?", rief Lydia „Weißt du was, vergiss es! Ich bin zu dir gekommen, weil ich jemanden zum Reden gebraucht habe! Ich habe jetzt echt keinen Nerv, mit dir zu streiten!"

Mit diesen Worten lief sie einfach weg. Sie stürmte aus der Wohnung und rannte die Stiegen hinunter. Natalie rief ihr noch etwas nach, doch sie hörte es nicht mehr. Mit Tränen in den Augen und rasendem Puls lief sie die Straße entlang. Erst bei der U-Bahnstation blieb sie stehen. Sie begann zu zittern und musste sich an einer Mauer abstützen, um nicht umzufallen. Lydia versuchte sich zu beruhigen. Sie konnte es nicht glauben, doch tief in ihrem Inneren hatte sie es bereits geahnt. Irgendwie hatte sie gewusst, dass Natalie sie im Stich lassen würde. Sie hatte es bloß nicht wahrhaben wollen. Ein kleiner Teil von ihr hoffte, Natalie würde sie anrufen und sich entschuldigen; ihren Fehler eingestehen. Doch ihr war klar, dass das nicht passieren würde. Lydia kannte Natalie schon so lange. Sie hatte so viele Male mit ihr gelacht und geweint, ihr so vieles erzählt. Die beiden teilten so viele

Erinnerungen miteinander und doch schienen sie nun immer weiter auseinanderzudriften. Vor allem in den letzten Monaten war ihr immer klarer geworden, wie verschieden sie beide eigentlich waren.

Lydia kam zu Hause an und ging wortlos in ihr Zimmer. Sie ließ sich auf ihr Bett sinken und weinte. Sie wusste nicht, ob sie sich in ihrem Leben jemals so alleine gefühlt hatte wie in diesem Moment. Wenn sie bloß bei Amir sein könnte, doch dieser machte noch hundertmal Schlimmeres durch als sie. Lydia versuchte, ihre Gedanken zu ordnen. Sie musste stark sein; für ihn. Sie musste sich wieder auf ihr Studium konzentrieren, denn er würde wollen, dass sie vorankam. Bestimmt würde es ihn noch mehr belasten, wenn sie seinetwegen ihre Prüfungen nicht schaffte. So nahm sie sich ihre Mitschriften zu ihren Vorlesungen und begann sie sich erneut durchzulesen. Lydia versuchte, sich darauf zu konzentrieren, so schwer es ihr auch fiel. Sie hatte gleich in der ersten Oktoberwoche zwei Prüfungen und wusste noch bei Weitem nicht genug. Lydia atmete mehrmals tief durch. Es würde alles gut werden, sagte sie sich. Sobald Amir von seiner Familie unabhängig wäre, würden sich seine und damit ihre gemeinsamen Probleme lösen. Lydia hatte anders als Amir von ihrer Familie nicht wirklich etwas zu befürchten. Ihr Vater war zwar engstirnig, aber letztendlich musste er ihre Entscheidung akzeptieren. Sie war immerhin seine Tochter, bestimmt würde er sich nicht von ihr abwenden. Sie würden wenn es um Amir ging gewiss noch oft aneinandergeraten und er wäre hier wohl nie willkommen, doch sobald Lydia nicht mehr hier wohnte, wäre alles einfacher. Lydia sagte sich, dass sie sich gewiss auch mit Natalie bald wieder versöhnt hätte. Wenn sie sich zu Semesterbeginn wieder trafen, wäre dieser Streit sicher vergessen und irgendwann würde sie Amir und Lydia sicher auch verstehen.

Obwohl Lydia von all diesen Gedanken nicht vollends überzeugt war, konnten sie sie soweit beruhigen, dass sie sich wieder einigermaßen auf den Lernstoff konzentrieren konnte.

So vergingen die Tage und der Semesterbeginn rückte immer näher. Lydia musste sich zusammenreißen, um den Prüfungsstoff im Fokus zu behalten, in Gedanken immer bei Amir, der ihr Halt gab, auch wenn er gerade nicht da war. Wenn er sie nun anrief, versicherte er ihr jedes Mal, dass alles in Ordnung sei, erzählte aber darüber hinaus nicht viel. Lydia versuchte sich nicht mit ihren Sorgen um ihn verrückt zu machen, da sie ohnehin nichts tun konnte.

Schließlich war der erste Montag im Oktober gekommen und Lydia musste bereits früh auf der Uni sein. Sie war sehr nervös, aber nicht weil sie am nächsten Tag ihre erste Prüfung hatte, sondern, weil sie Natalie wieder treffen könnte. Sie wusste nicht, ob Natalie noch an ihren Streit dachte, doch sie hatte sie seitdem nicht mehr angerufen. Lydia versuchte diesen Gedanken zu verdrängen. So wahrscheinlich war es auch wieder nicht, dass sie Natalie heute treffen würde.

Lydia betrat das Unigebäude. Nach den langen Ferien spürte sie sofort ein Gefühl von Vertrautheit, als sie die Holztore der Hörsäle erblickte. Einen Moment lang überkam sie die Wehmut, bei dem Gedanken daran, dass ihr Studium nach nur zwei Semestern beendet sein würde.

„Hallo, Lydia."

Die Stimme riss sie aus ihren Gedanken. Sie drehte sich um und blickte in ein ihr vertrautes Gesicht. „Hallo Hannah!", rief sie.

„Wie geht es dir?", wollte Hannah wissen.

„Gut", antwortete Lydia, obwohl das nicht ganz den Tatsachen entsprach.

„Wie waren deine Ferien?", fragte Hannah.

„Sehr schön", sagte Lydia, obwohl es ihr einen leichten Stich versetzte, wenn sie an all das dachte, was im letzten Monat geschehen war.

Hannah schien es zu merken. „Ist irgendetwas?", fragte sie.

„Nein", log Lydia „Nur viel Stress, ich… habe zu spät mit dem Lernen angefangen und morgen habe ich eine Prüfung. Und wie geht es dir?"

„Ich habe das gleiche Problem", sagte Hannah „Ich fange auch immer viel zu spät mit dem Lernen an und dann habe ich einen Mordsstress."

Lydia lachte. Es tat ihr gut, sich mit einer Studienkollegin, die nicht Natalie war, zu unterhalten. Eigentlich vermisste sie die ungezwungenen Gespräche, die sie früher immer mit ihr geführt hatte. So war es gut, mit jemand anderem einfach nur über ihr Studium zu reden. Sie erzählte Hannah davon, welche Prüfungen sie noch machen musste und welche Vorlesungen und Seminare sie für dieses Semester gewählt hatte. Es fühlte sich so natürlich an, dass sie ihre Probleme für den Moment verdrängen konnte. In den vergangenen zwei Jahren war die Uni ihr zweites zu Hause geworden. Kurz dachte sie darüber nach, sich Hannah anzuvertrauen, doch dann entschied sie sich dagegen. Sie beide hatten außerhalb der Uni kaum Zeit miteinander verbracht und sich kaum über etwas anderes als ihr Studium unterhalten. Sie hatten bloß zweimal in einem Seminar zusammengearbeitet. Hannah wusste zwar von Amir, da sie ihn bei den Recherchen zu ihrer gemeinsamen Seminararbeit kennengelernt hatte, doch Hannah war nur eine flüchtige Bekannte, die Lydia normalerweise nicht wegen privater Probleme ins Vertrauen zog.

Bald verabschiedeten sie sich, da sie beide zu unterschiedlichen Vorlesungen mussten. Lydia ging in den Hörsaal 3 zur Vorlesung „Introduction to the Anthropology of Religion". Sie setzte sich in eine der vorderen Reihen und holte ihren Block hervor. Als der Vortragende die Lehrveranstaltung eröffnete, begann sie alles so detailliert wie möglich mitzuschreiben. Es war ein angenehmes Gefühl wieder auf der Uni zu sein. Die Routine, die ihr ihr Studium bot, gab ihr angesichts der Schwierigkeiten der letzten Zeit ein Gefühl der Sicherheit.

Als der Professor die Vorlesung beendete, stand Lydia auf und verließ eilig den Raum. Sie spürte ein beklemmendes Gefühl bei dem Gedanken, dass Natalie hier sein könnte. Doch Lydia begegnete ihr nicht. Schließlich lief sie viele Stockwerke nach oben, um in der Mensa zu Mittag zu essen. Um diese Uhrzeit war noch nicht viel los und sie musste sich nicht lange anstellen. Lydia nahm sich eine vegetarische Lasagne und einen Orangensaft. Dann ging sie mit ihrem Tablett zu einem noch freien Tisch. Während sie aß drangen ihre Sorgen allmählich zurück in ihr Bewusstsein. Lydia versuchte sie zu verdrängen. Sie zwang sich zu essen, auch wenn sie kaum Appetit hatte.

Kurz nachdem sie fertig gegessen hatte, musste sie auch bereits in die nächste Vorlesung: Politische Anthropologie.

Als auch diese Vorlesung zu Ende war, hatte es Lydia abermals eilig, den Hörsaal zu verlassen. Natalie war wieder nicht hier gewesen. Lydia spürte Erleichterung. Einen Moment später wunderte sie sich selbst darüber. Wie hatte es so weit kommen können, dass sie das Gefühl hatte, das eine große Last von ihr abfiel, weil sie ihrer besten Freundin nicht begegnet war? Hatten sie sich wegen der Beziehung zu Amir wirklich so entfremdet? Oder war Lydia einfach zu feig, um Natalie nach ihrem Streit gegenüberzutreten? Riskierte sie, sich noch weiter von ihr zu entfernen, weil sie nicht den Mut hatte, offen über ihre Probleme zu sprechen? Doch dann dachte sie daran, wie Natalie reagiert hatte, nur weil Lydia zu Amir hielt. War all das, was sie beide über die Jahre hinweg geteilt hatten, bereits zerbrochen?

Lydia schüttelte den Kopf. Sie wollte nicht über noch mehr Probleme nachdenken müssen. Was sie jetzt brauchte, war Entspannung. Also fuhr sie nicht nach Hause, obwohl sie mehr als genug zu tun hätte, sondern ging in den Wald. Die Blätter hatten bereits eine gelbliche Färbung. Lydia ging schnell, beinahe rannte sie. Sie musste einfach in Bewegung sein. Erst nach weit mehr als einer Stunde trat sie den Rückweg an. Nun beeilte sie sich, da sie noch für die morgige Prüfung lernen musste. Auf dem Rückweg hatte sie wieder ein beklemmendes Gefühl. Sie sagte sich die ganze Zeit, dass alles gut werden würde, schaffte es aber nicht, sich davon zu überzeugen.

Am Abend bekam sie einen Anruf von Amir. „Hallo Lydia!", sagte er. Er redete sehr leise, also nahm sie an, dass seine Eltern in der Nähe waren.

„Hallo Amir, wie geht es dir?", wollte sie wissen.

„Gut", sagte er schnell „Wie war dein erster Tag an der Uni?"

„Ganz okay, ich hatte zwei Vorlesungen. Die Anthropology of Religion ist sehr interessant, bei der politischen Anthropologie ist der Professor etwas einschläfernd."

„Bist du mit dem Lernen weitergekommen?"

„Ja, ich habe morgen Prüfung", sagte Lydia. Kurz überlegte sie, ihm von ihrer Angst Natalie gegenüberzutreten zu erzählen. Doch sie hatte ihm auch noch nichts von ihrem Streit gesagt. Lydia beschloss, es im Moment nicht zu erwähnen. Es würde ihn nur unnötig aufregen und er hatte ohnehin genug eigene Probleme.

„Hast du ein gutes Gefühl?", fragte Amir.

„Ja", sagte Lydia, obwohl sie sich nicht ganz sicher fühlte, aber sie war zuversichtlich, dass sie es schaffen würde, wie es bis jetzt immer gewesen war.

„Gut", sagte Amir „Hast du noch zu tun?"

„Naja… ich versuche alles noch zu wiederholen." Kurz wagte niemand zu sprechen. Dann sagte Lydia: „Ich vermisse dich, Amir."

„Ich vermisse dich auch", murmelte er „Ich stelle mir oft vor, mit dir irgendwo zu sein, wo wir alleine sind."

Wieder schwiegen sie beide. Dann fragte sie: „Was ist bei dir passiert? Hast du große Probleme zu Hause?"

„Nein… momentan geht es so. Ich muss nur viel Theater spielen."

„Hältst du das noch aus?", fragte Lydia.

„Ja, ich schaffe das schon. Kommst du auch zurecht mit deinem Vater?"

„Es geht", sagte Lydia.

„OK… ich wollte mich nur erkundigen. Meine Eltern erwarten mich bald zum Gebet. Ich rufe dich dann morgen Abend wieder an."

„Okay, dann bis morgen, Schatz", murmelte Lydia.

„Bis morgen." Amir legte auf.

Lydia ließ sich in ihren Sessel sinken. Sie war erleichtert; zumindest schien Amir gerade keine großen Probleme zu haben. Er rief sie immer noch von seinem zweiten Handy aus an, doch wahrscheinlich tat er das nur als Vorsichtsmaßnahme, sagte sie sich. Tief in ihrem Inneren wusste sie, dass es für sie beide Konsequenzen haben würde, denn seine Familie würde sie nicht einfach akzeptieren und auch ihr Vater würde wohl an seinen Vorurteilen festhalten.

Sie ging heute früh ins Bett. Ihre Gedanken waren bei Amir. Wie so oft stellte sie sich vor, wie es wäre, wenn all diese Probleme nicht existierten; wenn er nicht von seiner Familie unterdrückt werden würde und ihr Vater in der Lage wäre, ihn als Person zu sehen und nicht als Teil einer Gruppe, die er verachtete; wenn all das nicht ihre Freundschaft zu Natalie belastete; wenn sie einfach eine normale Beziehung führen könnten, ohne sich verstecken oder rechtfertigen zu müssen. Die Vorstellung ließ sie die Realität für Momente verdrängen. Ihr Körper entspannte sich, während sie mit süßen Bildern im Kopf allmählich einschlief.

Lydia wurde von ihrem Wecker jäh aus dem Schlaf gerissen. Schnell zog sie sich an und erledigte ihre morgendliche Routine. Danach wiederholte sie noch ein paar Sachen, die sie sich schwer merken konnte, ehe sie sich auf den Weg zur Uni machte.

Wieder war da die Angst, sie könne Natalie treffen. Lydia setzte sich auf den Boden vor dem Hörsaal und wiederholte ihren Lernstoff abermals. Doch immer wieder blickte sie auf; vergewisserte sich, dass Natalie nicht in ihrer Nähe war. Natalie hatte die Vorlesung zur Anthropologie der Migrationsforschung mit ihr zusammen besucht. Lydia hoffte inständig, dass sie die Prüfung zu einem anderen Termin machen würde.

Bald waren um sie herum so viele Menschen, dass es schwer war, eine konkrete Person auszumachen. Dann wurden die Tore des Hörsaals auch schon geöffnet und Lydia eilte hinein. Sie setzte sich auf den ersten Platz, den sie erwischte, ganz außen in der Bankreihe. Die Prüfungspapiere wurden ausgeteilt, sobald alle saßen. Lydia fand, dass die Fragen leicht waren. Ab dem Moment, da sie schrieb dachte sie nicht mehr an all die Unstimmigkeiten, sondern konzentrierte sich nur noch auf die Prüfung. Es dauerte nicht lange, bis sie fertig war. Lydia stand auf. Es gingen bereits einige Leute zum Pult, um ihre Arbeiten abzugeben, doch die meisten schrieben noch. Lydia war froh, dass sie so nicht gleichzeitig mit Natalie aus dem Raum gehen würde.

Doch als sie aufstand, um ihren Prüfungsbogen abzugeben, stellte sie fest, dass Natalie wohl auch eben fertig geworden war. Lydia blieb abrupt stehen. Kurz überlegte sie, wieder zu ihrem Platz zurückzugehen und zu warten, bis Natalie draußen war. Doch dann entschied sie sich dagegen. Sie konnte ihrer Freundin nicht ewig aus dem Weg gehen. So ging sie schnell die Treppe hinunter. Natalie hatte ihre Arbeit gerade dem Professor übergeben. Als sie sich umdrehte, versetzte es Lydia einen Stich. Natalie sah sie kurz an. Doch sie lächelte nicht, und zeigte auch sonst keine Reaktion. Lydia blickte starr auf die Stelle, auch als Natalie längst weg war. Das konnte doch nicht sein! Nach allem, was die beiden gemeinsam erlebt, nach allem, was sie miteinander geteilt hatten, konnte Natalie sich doch nicht einfach von ihr abwenden, nur, weil sie ihren Freund nicht mochte; nur, weil Lydia diesen verteidigt hatte.

Lydia gab ihren Prüfungsbogen ab und verließ den Hörsaal. Als sie zur U-Bahn ging, fühlte sich ihr Inneres leer an. Es war als wäre etwas aus ihr herausgerissen worden. Die Welt um sie herum berührte sie kaum.

Lydia verbrachte den Nachmittag hauptsächlich vor dem Computer. Amir war unter seinem Pseudonym weiterhin auf Twitter sehr aktiv. Das war ein gutes Zeichen, dachte Lydia. Er hatte noch Zugang zu seinem Twitteraccount und auch die Zeit und Energie, ihn zu betreiben. Doch als Lydia all seine islamkritischen Beiträge las, versetzte es ihr wieder diesen Stich. Weil sie diese Beiträge verteidigt hatte, war sie heute von Natalie so abweisend behandelt worden. Erneut erinnerte sie sich an all die schönen Dinge, die sie und Natalie zusammen erlebt hatten. Lydia wurde wütend. Wie konnte Natalie ihr nach alledem das antun, wo sie doch wusste, dass es Lydia ohnehin schon schlecht ging? Obwohl sie doch wissen musste, dass sie dringend ihr Verständnis gebraucht hätte. Sie dachte an Amir, daran, dass er immer zu ihr hielt, auch wenn er es noch tausendmal schlimmer hatte als sie selbst. Lydia spürte Trotz in sich hochsteigen. Sollte Natalie doch von ihr denken, was sie wollte! Sie wollte zeigen, dass sie auch zu Amir hielt- und vielleicht wollte ein Teil von ihr auch einfach Natalies Aufmerksamkeit. Lydia atmete tief durch und teilte einen von Amirs Tweets. Doch das war ihr nicht genug. Sie schaute, was Amir in letzter Zeit gepostet hatte. Dann teilte sie all diejenigen, die den Islam am schärfsten kritisierten. Lydia atmete scharf aus. Sie spürte grimmige Genugtuung.

Doch nur Momente später begann sie an ihrer Entscheidung zu zweifeln. Sie fürchtete tatsächlich eine Reaktion Natalies. Lydia schaltete ihren Computer aus und begann innerlich aufgewühlt in ihrem Zimmer auf und ab zu gehen. Sie wollte jetzt keinen Rückzieher machen. Sie würde die Tweets jetzt ganz bestimmt nicht wieder löschen. Sie wollte auch nicht ständig vor dem Computer sitzen und warten, ob etwas geschah. So zwang sie sich, für die noch ausständige Prüfung zu lernen. Sie las ihre Mitschriften durch, doch es fiel ihr schwer, sich darauf zu konzentrieren.

Es hatte keinen Sinn, sie musste doch immerzu an die Sache mit Natalie denken. Lydia nahm ihr Smartphone zur Hand, denn sie musste wissen, ob Natalie reagiert hatte. Als sie sich auf Twitter einloggte, erschrak sie. Die Zahl ihrer Follower war um eins weniger als noch zuvor. Da sie auf Twitter für gewöhnlich nicht sehr aktiv war, hatte sie nur knapp 50 Follower und merkte somit gleich, wenn sie jemand entfolgte. Normalerweise schenkte sie dem nicht sonderlich viel Beachtung. Doch nun starrte sie voller Schreck auf die Zahl, die eben noch um eins höher gewesen war. Mit zitternden Fingern klickte sie auf Follower, um ihre Befürchtungen bestätigt zu sehen. Natalie folgte ihr nicht mehr. Lydia konnte es nicht glauben. Sie hatte mit Vorwürfen gerechnet, doch nicht damit, dass Natalie sie einfach so aus ihrem Leben strich. Ihr war klar gewesen, dass Natalie beleidigt war, aber nicht, dass sie allen Ernstes jeden Kontakt zu ihr abbrechen wollte. Wie hatte es nur so weit kommen können? Was war falsch gelaufen? Lydia hatte das Gefühl, in ein tiefes Loch zu fallen. Sie weigerte sich, das Offensichtliche zu akzeptieren, doch es war zwecklos. Nun hatte sie Gewissheit, dass Natalie nichts mehr mit ihr zu tun haben wollte.

Heimliche Treffen

Lydia lag in ihrem Bett und starrte an die Decke. Sie hatte in der letzten Woche kaum etwas anderes gemacht. Sie ging ihrer Familie aus dem Weg, Natalie redete nicht mehr mit ihr und auch Amir sendete ihr meist nur eine kurze Nachricht, dass es ihm gut ginge und fragte, was sie gerade machte. Doch zu ausführlicheren Gesprächen kamen sie nur selten. So hatte Lydia ihm auch noch nicht von ihrem Streit mit Natalie erzählt. Das wollte sie erst tun, wenn er seine eigenen Probleme im Griff hätte.

Zu ihrer großen Überraschung bekam sie an diesem frühen Sonntagnachmittag einen Anruf von Amir. „Lydia!", hauchte er ins Telefon.

„Amir!", entfuhr es ihr.

„Ich bin gerade im Wienerwald. Wenn du kannst, komm zu der Wiese, wo wir letztens zusammen hingegangen sind."

„Was… bist du allein? Kannst du das denn riskieren?"

„Ich war vorher bei Herrn Ylmatz. Meine Familie beobachtet mich auf Schritt und Tritt. Osim ist mit mir zum Wald gegangen, damit, falls jemand aus meiner Familie uns sieht, er nicht auf die Idee kommt, dass ich mich mit jemand anderem treffe. Aber jetzt bin ich allein. Herr Ylmatz holt mich in etwa zwei Stunden vom Waldrand ab."

Lydia sprang auf. Ihre Lethargie war mit einem Mal verflogen. „Wirklich! Ich mache mich gleich auf den Weg."

Sie lief die Treppe hinunter und zog sich ihre Jacke an. Dann eilte sie aus dem Haus und zur U-Bahnstation. Apollo nahm sie diesmal nicht mit, denn sie wollte mit Amir alleine sein. Sobald die U-Bahn hielt, lief sie in Richtung Wald. Sie rannte vom Bahnsteig bis zum Wald ohne Pause, keuchte bald vor Anstrengung, doch sie blieb nicht stehen, bis sie die Wiese erreichte. Dann sah sie Amir. Er drehte sich um. „Lydia!"

Lydias Herz begann schneller zu schlagen. Sie lief auf ihn zu. Es schien eine Ewigkeit her zu sein. Bevor sie noch wusste, wie ihr geschah, lag sie in seinen Armen. „Amir! Geht es dir gut? Was haben sie mit dir gemacht?" Lydias Stimme zitterte.

„Es ist alles in Ordnung Lydia. Mir ist nichts passiert, aber ich muss sehr vorsichtig sein, weil meine Eltern mir nicht mehr vertrauen. Sie haben mich einmal zu einem Imam gebracht, wo ich den Reumütigen spielen durfte. Sonst ist nicht viel passiert. Nur darf ich mir keine Fehler erlauben. Ich bete wieder mehr mit ihnen, damit sie glauben, dass ich auch wirklich zum Glauben zurückgefunden habe."

Lydia wusste nicht, ob sie erleichtert sein sollte. Es hätte weit schlimmer kommen können, doch es war bei weitem nicht alles in Ordnung. Er musste sich jetzt noch mehr verstellen, wo es ihn doch vorher schon so belastet hatte.

„Ich glaube fast, wenn ich nicht gerade den Zivildienst machen müsste, dann hätten sie mich nach Mekka geschickt", meinte Amir „Das hätte ich nicht mitgemacht. Ich war mit 16 schon beim Hadsch in Mekka. Nicht einmal als ich noch gläubig war, mochte ich das. Noch einmal mache ich das sicher nicht."

Lydia nahm seine Hand. Sie schloss die Augen und schmiegte sich an seinen Körper. Erst jetzt wurde ihr vollends bewusst, wie sehr sie ihn vermisst hatte. Lydia sah zu ihm auf. Sie könnte jeden Tag stundenlang in dieses Gesicht mit den sanften Zügen und den fast schwarzen Augen blicken. Amir streichelte ihre Wange. Ihr war klar, dass er sie noch viel mehr vermisst hatte, als sie ihn. Lydia schloss die Augen. Im nächsten Moment küssten sie sich. Amirs Lippen waren warm und weich auf den ihren. Einen Augenblick lang vergaß Lydia die Welt um sie herum. Langsam lösten sie sich voneinander. „Du hast mir gefehlt", flüsterte Amir.

„Du mir auch!" Lydia schloss die Augen. All der Schmerz der letzten Wochen kam ihr vor wie ein lang vergangener Traum. In diesem Augenblick erschien es ihr fast unwirklich, dass sie sich noch vor wenigen Stunden von der ganzen Welt verlassen gefühlt hatte.

Lydia und Amir gingen auf die Wiese und setzten sich auf das Gras. Es war bereits Mitte Oktober, doch ungewöhnlich warm für die Jahreszeit.

„Wie geht es dir im Studium?", fragte Amir.

Es versetzte Lydia einen Stich. Das Studium selbst lief gut. Sie hatte beide Prüfungen bestanden. Doch sie fühlte sich nicht mehr wohl, wenn sie auf die Uni ging, da sie alles dort an Natalie erinnerte. Immer, wenn sie Natalie sah, dachte sie daran, wie nahe sie beide sich noch vor wenigen Wochen gewesen waren und wie all das so unerwartet und so plötzlich geendet hatte. Doch sie beschloss, Amir nichts davon zu erzählen, da er mehr als genug eigene Probleme hatte. Also sagte sie nur: „Gut, ich habe beide Prüfungen geschafft. Nächste Woche habe ich noch eine."

„Das ist toll. Bestimmt wirst du die nächste auch schaffen", murmelte Amir.

„Amir, sag mal kannst du dich zur Zeit überhaupt normal mit Leuten treffen?", wollte sie wissen.

„Ich bin fast jeden Tag bei Herrn Ylmatz. Das akzeptiert mein Vater, da die Ylmatz Muslime sind. Aber ich glaube er ist trotzdem nicht begeistert, weil ihm die Familie viel zu liberal ist. Sie beten zwar und fasten und gehen gelegentlich sogar in die Moschee, aber ansonsten leben sie genauso wie die Mehrheitsbevölkerung."

Lydia blickte zu Boden.

„Du bist deiner Familie doch schon lang nicht mehr fromm genug? Was ist für sie jetzt anders? Glaubst du, sie ahnen etwas…

ich meine, dass du nicht nur die ganzen Vorschriften ignorierst, sondern tatsächlich nicht mehr glaubst?"

„Ich glaube, wenn sie das ernsthaft denken würden, dann wäre alles noch viel schlimmer für mich", sagte Amir „Aber sie merken, dass sich etwas geändert hat. Ich habe schon in meiner frühen Teenagerzeit immer wieder Dinge getan, die ein frommer Moslem nicht tun sollte. Aber damals war ich ja selber noch sehr gläubig, und hatte Angst vor der Hölle. Ich habe also nachher immer Allah um Vergebung gebeten und mein Vater hat das mitbekommen. Also hat er geglaubt, dass ich mich auf dem rechten Weg befinde. Mein Glaube hat erst im Winter 2015 angefangen zu verschwinden. Ich habe schon länger die Sinnhaftigkeit mancher Vorschriften hinterfragt, aber ich glaube es waren die Anschläge in Paris, die mich erstmals an der Richtigkeit meiner Religion zweifeln ließen. Ich war damals davon überzeugt, dass diese Tat zutiefst unislamisch war und umso entsetzter war ich über die Reaktionen vieler Muslime. Ich konnte nicht glauben, dass so viele meiner muslimischen Freunde und sogar meine Familie die Tat guthießen. Ich glaubte damals noch, diese Leute, die das Töten Unschuldiger gutheißen, würden den Islam falsch interpretieren. Aber ich konnte nicht verstehen, wie sie so fest von etwas überzeugt sein konnten, was so offensichtlich falsch war. Und dann dachte ich, was, wenn ich so bin wie sie? Ich meine nicht, dass ich das Töten Unschuldiger gut finde, aber was, wenn ich auch von etwas überzeugt bin, was einfach falsch ist? Ich habe angefangen den Koran erstmals in einer Sprache zu lesen, die ich auch verstehe und ich war entsetzt, wie gewalttätig er ist und wie viele der Verbrechen, die im Namen des Islams begangen wurden sich tatsächlich dadurch rechtfertigen ließen. Früher habe ich das alles ja für von Islamophoben in die Welt gesetzte Lügen gehalten. Aber dann ist mir klar geworden, dass der Islam tatsächlich zu Gewalt gegen Andersgläubige aufruft, und dass die Islamisten diejenigen sind, die seinen Worten folgen. Ich habe lange Zeit nach Ausreden gesucht, wie man muss das alles im Kontext der Zeit sehen und so.

Aber je mehr ich versucht habe, den Islam mit meinen liberalen Werten in Einklang zu bringen, desto klarer wurde mir, dass es nicht möglich ist." Amir atmete schwer „Ich musste zu dieser Zeit alles, woran ich je geglaubt habe in Frage stellen. Selbst, als ich wusste, dass ich nicht mehr an den Islam glaube, wusste ich lange Zeit noch nicht, woran ich nun glaube. Da war auf einmal nur diese Leere."

Lydia blickte zu Boden. Sie erinnerte sich an die Zeit, als er offensichtlich mit sich selbst gerungen hatte. Sie war sich sicher, dass er vom Glauben abgekommen war, lange bevor sie davon erfahren hatte. Er hatte ihr bereits davon erzählt, doch hatte er seine Motive noch nie so genau geschildert, wie jetzt.

Amir nahm ihre Hand. „Während dieser Zeit hast du mir Halt gegeben, Lydia", flüsterte er.

Lydia lächelte. Sie schmiegte sich enger an ihn. Sie dachte daran, wie viel er durchgemacht hatte, lange bevor sie irgendetwas davon gemerkt hatte. Dann erinnerte sie sich daran, wie ihr Vater reagiert hatte, als sie ihm erstmals von Amir erzählt hatte. Er war ausgerastet, weil seine Tochter sich mit einem Moslem traf. Lydia hatte gewusst, dass ihr Vater Vorurteile hatte, doch eine derart heftige Reaktion hatte sie selbst von ihm nicht erwartet. All ihre Versuche, ihm zu erklären, dass Amir ein guter Mensch war, waren auf taube Ohren gestoßen. Er hatte ihr vorgehalten, dass diese Leute alle frauenverachtende, rückständige Kriminelle seien, die hier schleichend Shariagesetze einführen wollten. Er hatte sie gewarnt, sie solle sich von ihm fernhalten, sonst würde sie noch als seine Sexsklavin enden. Rückblickend musste Lydia manchmal fast darüber lachen. Doch tief in ihrem Inneren war sie einfach nur traurig, dass ihr Vater nicht im Stande war, Amir als Menschen und nicht als Teil eines Bedrohungsszenarios zu sehen.

„Ich glaube das ist es, was sich auch für meine Familie verändert hat. Sie merken, dass ich es nicht mehr bereue, wenn ich etwas Verbotenes gemacht habe." Kurz blickte Amir ins Leere.

„Manchmal denke ich, es gibt kaum Menschen, die mich verstehen. Für viele Moslems bin ich ein Verräter. Wenn ich mit Menschen aus Österreich zu tun habe, gehen sie fast immer davon aus, dass ich Moslem bin. Viele Leute sind misstrauisch, ohne mich zu kennen und naja, sie glaubern halt an die ganzen Stereotypen über Muslime."

Lydia drückte seine Hand ganz fest. Es musste bereits schwer genug sein, einer Gruppe anzugehören, der generell mit Vorurteilen und oftmals auch Ablehnung begegnet wurde. Doch was es bedeutete, auch innerhalb dieser Gruppe abgelehnt zu werden, vermochte sie sich kaum vorzustellen.

„Ich kann außer der Familie Ylmatz kaum noch meine Freunde sehen. Meine Familie will nicht, dass ich mich zu oft mit Österreichern treffe, da sie misstrauisch ist und Angst hat, dass ich in Sünde lebe."

„Aber hattest du nicht auch zwei muslimische Freunde im Zivildienst?", wollte Lydia wissen.

„Grundsätzlich ja, sie leben auch relativ frei, gehen auf Partys und trinken Alkohol und so. Aber ich habe ihnen nicht gesagt, dass ich Atheist bin. Ich weiß nicht, ob sie mich dann noch akzeptieren würden. Ich habe viele Freunde verloren, als sie erfahren haben, dass ich nicht mehr glaube. Deswegen bin ich meistens bei Herrn Ylmatz, weil seine ganze Familie mich akzeptiert. Ich habe es zuerst nur Osim gesagt."

Lydia nickte. Osim war selbst nie sehr religiös gewesen. Er und Amir kannten sich seit der Volksschule. Früher hatte sich Osim oftmals darüber lustig gemacht, wie ernst Amir seine Religion genommen hatte, dass er tatsächlich fünfmal am Tag gebetet und sich schuldig gefühlt hatte, wann immer er gegen irgendeine religiöse Vorschrift verstoßen hatte. Nun war das wohl anders.

Die nächsten Tage trafen sich Lydia und Amir regelmäßig heimlich im Wald. Bald wurde es zu kalt um sich in die Wiese zu legen, doch das hinderte sie nicht daran, lange Spaziergänge zu machen. Während der ganzen Zeit vermied Lydia es, über Natalie zu reden. Wenn sie bei Amir war, gelang es ihr auch fast, das alles zu vergessen. So erzählte sie Amir stattdessen von den Inhalten der Vorlesungen, oder sie beide träumten von ihrer gemeinsamen Zukunft, in der sie frei waren und eine sichere und unabhängige Existenz hatten. „Wir könnten zusammen in eine Wohnung ziehen, wenn du mit dem Zivildienst und ich mit dem Bachelor fertig bin. Wenn wir beide Teilzeit arbeiten, kommen wir auch ohne Weiteres über die Runden und können trotzdem noch studieren", meinte Lydia.

Amir gefiel der Gedanke. Er hatte immer studieren wollen, doch die Situation hatte es ihm unmöglich erscheinen lassen. „Ich könnte ein Studium in Politikwissenschaften anfangen oder auch Kultur - und Sozialanthropologie, so wie du."

Lydia lächelte. Sie beide könnten sich in ihrem Studium gegenseitig unterstützen. Wenn sie endlich tatsächlich zusammen sein könnten. Doch dann dachte sie an ihre Familien. Amir würde wahrscheinlich verstoßen werden und sie müsste den Kontakt zu ihrem Vater auf ein Minimum reduzieren. Dieses Wissen gab ihren süßen Träumen einen bitteren Beigeschmack.

„Wenn ich dann von zu Hause weggezogen bin, könnte ich mich wieder mit den Menschen treffen, mit denen ich will", stellte sich Amir vor.

„Und ich müsste nicht mehr ständig das Gemecker von meinem Vater ertragen. Ich müsste keine Geheimnisse mehr haben."

Sie stellten sich vor, wie es wäre, tatsächlich frei zu sein, die Dinge tun zu können, die sie tun wollten, ohne jemandem Rechenschaft schuldig zu sein. Und vielleicht würde ihr Vater es ja irgendwann doch einsehen. Vielleicht, wenn er erkannte, dass sie glücklich mit Amir war, würde er lernen, ihn anders zu sehen. Vielleicht würde er eines Tages seine Vorurteile gegen ihn vergessen und anfangen, ihn als Menschen zu betrachten.

Als es zunehmend kälter wurde und Ende November der erste Schnee fiel, trafen sie sich schließlich bei Herr Ylmatz. Die Familie Ylmatz wohnte am Rand von Wien in einem alten, aber gemütlichen Haus. Herr Ylmatz hieß sie sofort willkommen. Er war ein großer, rundlicher Mann mit Stirnglatze. Auch seine Kinder, Osim und Samar, begrüßten sie herzlich. Frau Ylmatz bot Lydia sofort allerhand zu essen an. Sie war eigentlich nicht sehr hungrig, doch um nicht unhöflich zu sein, nahm sie ein Stück Kuchen. Lydia erzählte kurz über ihr Studium, wollte dann aber auch mehr über die Familie Ylmatz erfahren. Sie wusste zwar schon einiges von Amir, doch es schien ihr angebracht trotzdem Interesse zu zeigen. „Ich bin als junger Gastarbeiter nach Österreich gezogen, wo ich nach ein paar Jahren als einfacher Arbeiter befördert wurde und mittlerweile gut verdiene. Dann habe ich bald meine Frau Aisha getroffen und mit ihr zwei Kinder bekommen. Seit nun fast zehn Jahren leben wir in diesem Haus", erzählte ihr Herr Ylmatz. Lydia mochte die Familie Ylmatz auf Anhieb. Alle waren sie freundliche und offene Menschen. Es war sofort vollkommen natürlich für Lydia, mit ihnen über alles zu reden. Im Laufe des Gesprächs erfuhr sie auch, dass Samar ebenfalls studierte und so wie Lydia im fünften Semester war. Sie studierte allerdings technische Physik. Osim, der anders als seine Schwester nicht besonders strebsam war, machte gerade die Matura.

Später führte Osim Amir und Lydia in das Gästezimmer. In dem Raum standen ein Doppelbett, ein kleines Sofa und ein Schreibtisch. „Ihr könnt euch hierhin zurückziehen, wenn ihr ungestört sein wollt." Mit diesen Worten verließ Osim den Raum. Lydia sah sich lange in dem kleinen Zimmer um. Es war alles sehr ordentlich, fast zu ordentlich. Sie wagte kaum etwas zu berühren.

Vorsichtig strich sie mit den Fingern über die Bettdecke. Dann erst wagte sie sich auf das Bett zu setzen und sich schließlich auch fallen zu lassen. Amir folgte ihr. Die beiden genossen es endlich wieder im Warmen zusammen zu sein. Lydia spürte Amir neben sich liegen. Einen Augenblick lang gab sie sich ganz diesem Gefühl hin. Wie so oft, wenn sie bei ihm war, vergaß sie die Welt um sich herum.

Lydia und Amir trafen sich in den nächsten Tagen so oft sie beide konnten im Haus von Herr Ylmatz. Sie war froh und dankbar zugleich, dass er ihnen diese Möglichkeit bot. Wenn sie beide zusammen waren, kam ihr die Zeit, da sie sich kaum gesehen hatten, beinahe unwirklich vor. Sie konnte sich in diesen Momenten kaum etwas anderes vorstellen, als bei ihm zu sein.

Doch die Momente, in denen sie nicht bei ihm war, waren kaum anders, als die Zeit in der sie sich nur selten gesehen hatten. Die Probleme, in denen sie beide steckten, waren ihr in jeder Minute bewusst. Lydia ging ihrem Vater die meiste Zeit aus dem Weg, denn sie merkte, dass er ihr gegenüber immer misstrauischer wurde. Doch irgendwann konnte sie ihm nicht mehr ausweichen. „Lydia", sprach ihr Vater sie an „Sag mal, wo bist du in letzter Zeit dauernd unterwegs?"

„Ich habe viel zu tun auf der Uni", entgegnete sie.

„Wirklich? Du lernst doch immer zu Hause. Du triffst dich doch nicht mit diesem scheußlichen Islamisten, oder?"

Es wäre einfach. Lydia könnte es abstreiten und sagen, sie müsse mit ihren Kollegen an einer Seminararbeit schreiben, einem ihrer Kollegen helfen oder irgendetwas anderes. Doch sie war es leid, ständig zu lügen. „Hör zu, Papa!", sagte sie „Amir ist kein Islamist. Das habe ich dir schon hundertmal erklärt, aber du verstehst es einfach nicht. Aber das ist mir jetzt auch egal! Es ist ganz einfach, ich bin erwachsen, ich werde in ein paar Monaten den

Bachelor machen und es geht dich überhaupt nichts an, mit wem ich mich treffe!"

„Du redest nicht in diesem Ton mit mir, junge Dame!", rief ihr Vater erbost „Solange du hier in meinem Haus lebst, geht es mich sehr wohl etwas an, was du tust. Hier in meinem Haus gelten immer noch meine Regeln!"

„Ja, deswegen treffe ich Amir nicht hier in deinem Haus!", entgegnete Lydia.

Ihr Vater öffnete den Mund, um noch etwas zu sagen, doch ihre Mutter mischte sich ein: „Sie hat Recht, Viktor. Lydia ist erwachsen. Sie weiß selber, was sie tut und ist verantwortungsbewusst genug zu wissen, was gut für sie ist."

„Offensichtlich nicht, sonst würde sie sich nicht mit diesen Leuten abgeben! Was glaubst du, was passiert, wenn sie in so eine Familie hineingerät! Am Ende muss sie noch zum Islam konvertieren und wir wissen ja alle, wozu das führt. Weißt du noch, letztes Jahr am Flughafen? Die muslimische Familie? Da sind zwei komplett verschleierte Frauen ständig hinter ihrem Mann gegangen. Und dann hat er die eine geschlagen.... Denkst du, ich will, dass unsere Tochter so endet?"

„Ja, aber es sind doch auch nicht alle Muslime so", meinte ihre Mutter „Manche sind auch nett und leben eigentlich genauso wie wir."

„Hah! Das versuchen sie der Welt vorzumachen! Aber wenn man sich nur ansieht, wie die Frauen behandeln!", rief ihr Vater.

„Papa, vielleicht ist dir das noch nicht aufgefallen, aber ich bin eine Frau und ich kenne viele Muslime, die mich nicht schlechter behandeln als einen Mann", warf Lydia ein.

„Jetzt werde nicht frech! Man kann diesen Leuten nicht trauen! Ich will nicht, dass du irgendwann vollverschleiert als zweite oder dritte Frau von irgend soeinem Islamisten endest!"

„Also, Polygamie ist hier in Österreich meines Wissens verboten", mischte sich Daniel ein.

„Ernsthaft, Viktor. Unsere Tochter ist alt genug um ihre eigenen Entscheidungen zu treffen. Sie ist erwachsen, OK!", meinte ihre Mutter.

„Nein, Anna sie hat doch noch keine Lebenserfahrung! Sie hat gar keine Ahnung, wie gefährlich es ist. Am Ende lässt sie sich noch von diesen Leuten zu ihrem Glauben bekehren und wer weiß, was dann passiert. Und denk nur unsere Enkelkinder hätten einen muslimischen Nachnamen und würden aussehen wie Kanaken..."

„Zum hundertsten Mal, er ist ein Atheist! Ich werde also nicht seinetwegen zum Islam konvertieren. Und der Rest ist ja wohl vollkommener Schwachsinn!", rief Lydia.

„Ja, das behauptet er! Aber ich sage dir, man kann diesen Leuten nicht trauen. Der Islam erlaubt ihnen ja explizit zu lügen."

Lydia schnaubte. Sie wusste, was ihr Vater meinte. „Du redest von der Taqiya? Es ist einem Moslem erlaubt, wenn sonst sein Leben bedroht ist, seinen Glauben zu verheimlichen. Das heißt nicht, dass er nach Belieben lügen darf, wann immer er will! Es handelt sich hier um ein weit verbreitetes Missverständnis...."

„Du bist zu naiv, Lydia. Er behauptet, Atheist zu sein, weil er sich einen Vorteil davon erhofft! Und selbst wenn nicht! Dann wird seine Familie immer noch versuchen, dir die islamische Lebensweise aufzuzwingen. Ich will nicht, dass meine Tochter so endet!"

„Papa, Amir versucht gerade von seiner Familie unabhängig zu werden", entgegnete Lydia.

„Hör zu, Lydia. Was immer er dir gesagt hat, du darfst ihm nicht glauben. Es ist auf jeden Fall gefährlich, mit solchen Leuten zu tun zu haben. Viele davon sind Fundamentalisten und ihre Religion bietet ihnen eine Rechtfertigung das geheim zu halten. Das ist genug Grund, ihnen nicht zu trauen!"

„Papa, ich kenne Amir und ich weiß, dass er nicht lügt...."

„Ja, das sagen sie alle. Ihr, die Jugend von heute, haltet euch alle schon für so erwachsen, wollt euch von Älteren nichts mehr sagen lassen, aber eigentlich habt ihr gar keine Ahnung, wie die Welt dort draußen aussieht. Ihr seid alle so behütet aufgewachsen und in der Schule und jetzt auf der Uni hast du nie erfahren, wie hart die Welt sein kann. Du weißt ja noch nicht einmal, wie das echte Leben aussieht, aber ich sage dir...."

„Papa, ich kenne Amir besser als du und ich brauche keine Moralpredigten von dir!", entgegnete Lydia scharf.

„Ach ja, das glaubst du!", rief ihr Vater.

„Viktor, es reicht jetzt! Sie ist erwachsen und von vielen Dingen hat sie mehr Ahnung als du", wandte ihre Mutter ein.

„Nein! Sie ist gerade einmal 21! In dem Alter sind die Leute ja noch derart naiv und lassen sich so leicht beeinflussen!"

„Ja, ich gehe jetzt nach oben", meinte Lydia und ging die Treppe hinauf.

„Du machst einen schweren Fehler!", rief ihr Vater ihr nach „Du wirst schon sehen, aber dann komm ja nicht zu mir! Ich habe dich ja gewarnt!"

Lydia schloss ihre Zimmertüre hinter sich und ließ sich auf ihr Bett fallen. Ihr Vater würde es nie verstehen. Dieser Streit hatte ihr wieder einmal gezeigt, wie tief die Gräben um sie herum waren. Natalie kam ihr in den Sinn. Auch sie hatte Lydia im Stich gelassen. Sie kam sich vor, als würde sie von allen Seiten bombardiert werden, als stünde sie im Zentrum all der Vorurteile. Doch es ging nie um sie; es ging um Amir. Lydia konnte alledem entkommen. Sie konnte Amir den Rücken kehren und sich wieder mit ihrem Vater und vielleicht sogar Natalie versöhnen. Noch während sie das dachte, wusste sie, dass ihre Entscheidung längst gefallen war. Sie würde zu Amir halten, egal wie viele anderen Menschen ihn verachteten. Was wäre sie schon, wenn sie die Menschen, die ihn ablehnten, ohne ihn überhaupt zu kennen, über ihn stellte?

Lydia atmete schwer. Trotz dieser Entschlossenheit spürte sie tiefe Trauer in sich. Ihr gesamtes Leben schien auseinanderzufallen. Sie dachte an ihren Vater und an Natalie. In ihrem Kopf kamen all die Erinnerungen, die sie mit Natalie teilte wieder hoch. Wie konnte sich Natalie so einfach von ihr abwenden? In dem Moment kam ihr ein anderer Gedanke: war Natalie ihrer Freundschaft je wert gewesen? Lydia versuchte, all diese Gedanken aus ihrem Kopf zu bekommen, doch sie verfolgten sie den ganzen Abend, selbst noch als sie ins Bett gegangen war.

Allen Schwierigkeiten zum Trotz traf sie sich weiterhin mit Amir. Die Stunden, die sie mit ihm verbrachte, waren die einzigen, in denen sie noch zu wissen schien, was sie auf dieser Welt verloren hatte; die einzigen, in denen sie das Gefühl hatte, noch zu existieren. Sie lebte quasi nur noch für die Zeit, die sie mit Amir verbrachte.

Lydia wollte ihm nicht von den Streitereien mit ihrem Vater oder von Natalie erzählen, um ihn nicht mit ihren Problemen zusätzlich zu belasten. Doch Amir merkte natürlich, dass etwas nicht stimmte. So sagte sie erst nur, dass sie gestern wieder mit ihrem Vater gestritten hatte.

„Wegen mir?", fragte Amir.

„Ja, er versteht es einfach nicht, er... er ist so voller Vorurteile...." Lydia wollte Optimismus vermitteln, also sagte sie:

„Aber ich glaube, mit der Zeit wird er es schon einsehen. Er kennt dich doch noch überhaupt gar nicht."

Amir blickte zu Boden. Er wirkte unendlich traurig. „Bist du sicher?", fragte er.

„Ja, wenn er sieht, wie gut du zu mir passt und wie du wirklich bist, wird er seine Ansichten schon überdenken."

„Vielleicht hast du Recht. Dein Vater braucht vielleicht einfach mehr Zeit... meiner wird es nie einsehen."

Lydia legte den Kopf auf Amirs Schulter und drückte seine Hand. Sie erinnerte ihn erneut daran, dass er schon bald von seinen Eltern unabhängig sein würde.

„Ich weiß", sagte er „Aber ich muss meine Familie wohl verlassen. Wenn sie wissen, dass ich tatsächlich nicht mehr glaube...." Er sprach nicht weiter. Lydia wusste es, auch ohne dass er es sagte. Im besten Fall würden sie ihn verstoßen. Er hatte Glück, dass seine Familie nicht wusste, was er auf Twitter schrieb. Derart schonungslose Kritik an ihrer Religion würden sie nicht dulden.

„Es gibt noch etwas, das du mir nicht sagst, oder?", fragte Amir plötzlich.

Lydia versetzte es einen Stich. Er merkte, dass sie ihm etwas verheimlichte. Der Gedanke an Natalie kam ihr wieder. Sie hatte Amir nicht mit alledem belasten wollen. Doch sie wollte ihm auch nicht das Gefühl geben, dass sie etwas vor ihm verheimlichte. Also erzählte sie ihm die ganze Geschichte. Amir hörte schweigend zu. Er sagte lange nichts. Lydia wartete angespannt, bis er schließlich sprach: „Lydia... es tut mir so leid, dass du meinetwegen all das durchmachen musst, ich.... Ich will nicht, dass dein Leben wegen mir so durcheinandergerät und ich will nicht, dass du deine Freunde verlierst.... Vielleicht sollten wir...."

„Nein!", fuhr ihm Lydia dazwischen „Ich halte zu dir. Ich habe meine Entscheidung längst getroffen. Ich werde mich nicht von dir abwenden, nur weil andere über dich urteilen, ohne dich zu kennen. Ich erkenne durch dich bloß, welche Menschen es wert sind, in meinem Leben zu bleiben."

Amir lächelte. „Vielleicht… hast du Recht. Es ist bloß… sie war deine beste Freundin. Ich kann es nicht fassen, dass sie dich einfach so fallen lässt, nur, weil du mit jemandem zusammen bist, den sie nicht mag. Du solltest mit ihr reden. Vielleicht ist es bei ihr wie bei deinem Vater und sie braucht einfach mehr Zeit, um es zu verstehen."

Der Gedanke gab Lydia Hoffnung. Vielleicht hatte er Recht. Vielleicht würde Natalie es verstehen. Doch dann kam ihr wieder in den Sinn, wie vehement sie Amirs Meinungen angegriffen hatte und wie wenig Verständnis sie ob seiner Hintergründe gezeigt hatte. Aber vielleicht konnte sie mit Natalie noch befreundet sein, auch wenn sie ihn ablehnte. Doch als sie sich daran erinnerte, wie Natalie auf Lydias Aktivitäten auf Twitter reagiert hatte, zweifelte sie daran. Konnte sie es wirklich verstehen?

Lydia verscheuchte den Gedanken. „Ok, ich versuche nochmal mit ihr zu reden", versprach sie Amir. Sie beugte sich vor und küsste ihn. Lydia wurde erneut klar, welches Glück sie hatte, einen Freund wie ihn zu haben, der sich trotz aller eigenen Probleme immer noch um sie sorgte.

Am nächsten Tag ging Lydia wie normal zur Uni. Sie war sehr nervös, denn, wenn sie Natalie begegnete, würde sie sie ansprechen müssen. Sie hatte Amir versprochen zu versuchen, ihre Probleme mit Natalie zu lösen. Doch würde Natalie überhaupt mit ihr reden wollen? Lydias Herz hämmerte in ihrer Brust, als sie den Weg von der U-Bahnstation zur Uni ging. Sobald sie das Gebäude betrat, sah sie sich um. Natalie war nicht zu sehen. So ging

Lydia in den Hörsaal. Sie setzte sich in eine der vorderen Reihen und wartete, dass der Professor für Politische Anthropologie hereinkam.

Nach der Vorlesung ging Lydia in die Mensa. Beim Essen konnte sie sich etwas entspannen. Erst als sie die Treppe wieder hinunterging, traf auf sie Natalie. Lydia erstarrte. Doch dann zwang sie sich, auf Natalie zuzugehen. Vielleicht würden die Dinge wirklich wieder so werden wie früher, wenn sie nur mit Natalie sprach und ihr alles erklärte. Also sagte sie in möglichst neutralem Tonfall: „Hallo, Natalie."

„Hallo", sagte Natalie knapp, wie zu jemandem, den sie kaum kannte und ging weiter.

„Natalie warte", rief Lydia „Du hast seit Wochen nicht mit mir geredet!"

„Und? Du hast auch nicht mit mir geredet! Aber du hast auf Twitter wohl sehr deutlich gezeigt, was für Leute du unterstützt!"

„Du meinst, dass ich zu meinem Freund halte, wenn er gerade von allen Seiten angegriffen wird, und vor seiner eigenen Familie eine Lüge leben muss?!?"

„Ich meine, dass du seinen Rassismus nicht nur tolerierst, sondern aktiv unterstützt", entgegnete Natalie.

„Natalie, wir kennen uns seit wir Kinder sind. Du weißt genau, dass ich kein Rassist bin. Ich war immer gegen jede Form der Diskriminierung und das weißt du ganz genau!", rief Lydia.

„Ja, das warst du immer. Aber du hast offensichtlich die Propaganda, die Leute wie dein Freund verbreiten, geschluckt. Deine Beziehung zu ihm hat dich verändert."

„Ok, ich habe vielleicht durch ihn, einige meiner Ansichten geändert, weil ich die Dinge aus einer anderen Perspektive gesehen habe, indem ich mit ihm gesprochen habe, aber ich bin noch dieselbe Person und du weißt, dass ich gegen jede Form der Diskriminierung und gegen Vorurteile bin!", rief Lydia.

„Das warst du immer, aber jetzt hast du angefangen, genau die Dinge, die du immer abgelehnt hast, implizit zu unterstützen. Weißt du, Leute, die fest davon überzeugt sind, gegen Rassismus und Diskriminierung zu sein, dann aber selbst rassistische Stereotype verbreiten, sind viel schlimmer, als die, die eine Gruppe offen ablehnen!"

„Das mag sein, aber ich verbreite keine rassistischen Stereotypen!"

„Doch, tust du! Ich muss jetzt noch in eine Vorlesung." Mit diesen Worten ging Natalie davon.

Lydia blieb stocksteif stehen. Sie starrte mehrere Minuten auf die Stelle, an der Natalie eben noch gestanden hatte. Der ganze Schmerz, den sie gefühlt hatte, als sie sich das erste Mal mit Natalie gestritten hatte, kam mit einem Mal zu ihr zurück. Es war, als wäre gar keine Zeit dazwischen vergangen. Wie ferngesteuert ging Lydia die Treppe hinunter und verließ das Unigebäude. Sie hatte später noch eine Vorlesung, doch das war ihr egal. Sie wollte nicht mehr hier sein, aber nach Hause wollte sie auch nicht. Sie konnte ihrem Vater jetzt nicht gegenübertreten. So ging sie in den Wald. Es war ein kalter, windiger Tag, doch das kümmerte Lydia nicht. Sie lief so schnell und so lang sie konnte, hielt nicht an, bis sie kaum noch atmen konnte und ihre Knie zitterten. Lydia presste ihre Hand in ihre Seite und atmete schwer. Doch sie blieb kaum stehen, denn sie musste in Bewegung sein. Als ihr Körper vor Erschöpfung keinen Schritt weiter laufen konnte, lehnte sie sich schweißnass gegen einen Baum und schloss die Augen. Sie war kaum jemals so weit in den Wald hineingegangen. Doch sie hatte möglichst weit weg flüchten müssen. Es fühlte sich erneut so an, als wäre etwas aus ihr herausgerissen worden. Doch Lydia zwang sich, stark zu bleiben. Wenn sie nun von Leuten abgelehnt wurde, weil sie zu Amir hielt, dann half ihr das nur zu erkennen, wer ihre Zeit, ihre Energie und ihre Aufmerksamkeit wert war. Wenn Natalie sich von ihr abwandte, weil sie ihren Freund verteidigte, dann sollte sie es doch; dann war sie Lydias Freundschaft nie wert gewesen. Mit diesem Gedanken trat Lydia den Rückweg an.

Hannah

Ende November musste Lydia in dem Seminar Quantitative Forschungsmethoden ein Thema finden, mit dem sie sich beschäftigen wollten. Dazu fanden sich die Studierenden in Kleingruppen zusammen. Lydia war mit Hannah und zwei ihr unbekannten Studenten in einer Gruppe. Hannah schlug als erste ein Thema vor: „Wir könnten muslimische Frauen über ihre Meinung zum Burkaverbot befragen".

„Ich weiß nicht, ich hätte lieber ein politisch neutraleres Thema", sagte einer der Studenten.

„Was schlägst du vor?", fragte der andere.

„Keine Ahnung, wir könnten zum Beispiel Menschen, die in Österreich eingewandert sind und sich hier selbstständig gemacht haben, zu ihren Erfahrungen befragen", schlug er vor.

„Also, das fände ich eher langweilig, außerdem ist es sicher nicht so leicht, genug solcher Menschen zu finden", meinte der andere.

„Wir könnten auch einfach die Wiener Bevölkerung nach ihrer Meinung zu der ÖVP-FPÖ Regierung, zu der es wahrscheinlich kommen wird, befragen", meinte Hannah „Das ist ein aktuelles Thema, zu dem so ziemlich jeder eine Meinung hat und es sollte nicht schwierig sein, Leute, die zu unserer Zielgruppe gehören, zu finden."

Lydia beteiligte sich nicht, wie sonst in Seminaren, eifrig an den Diskussionen, denn sie war in Gedanken bei all den Problemen in ihrem eigenen Leben. So ließ sie die meiste Zeit über die anderen reden und hörte kaum zu. Es wurden noch viele Themen vorgeschlagen, doch sie bekam es kaum mit. Schließlich einigten sie sich darauf, Personen darüber zu befragen, was sie erwarteten, dass sich durch die neue Regierung ändern würde, und ob sie dem positiv oder negativ gegenüberstanden.

Bei ihrem Weg zur U-Bahnstation sagte Hannah zu ihr: „Du warst etwas abwesend vorhin im Seminar. Ist irgendetwas?"

Lydia überlegte kurz, ob sie ihr die Wahrheit sagen konnte, doch sie hatte das Bedürfnis, mit jemandem zu reden, der nicht in all das involviert war. Also erklärte sie: „Du weißt doch noch, als wir beide damals Interviews mit Nachkommen von Migranten machen mussten? Ich habe meinen Freund dabei kennengelernt."

„Was echt, das wusste ich gar nicht!", rief Hannah überrascht aus.

„Ja, leider will seine Familie nicht, dass er mit einer Ungläubigen, also mit mir, zusammen ist. Außerdem ist er Atheist und muss das vor seiner Familie geheim halten. Mein Vater sieht ihn trotzdem als Moslem und will nicht, dass ich mit ihm zusammen bin. Mein Vater ist politisch sehr weit rechts und denkt extrem in Schubladen."

„Wow!", meinte Hannah nur „Das ist einiges." Sie schien das Gehörte erst verarbeiten zu müssen.

„Ich rede im Moment kaum mit meinem Vater und treffe Amir nur im Geheimen", sagte Lydia. Sie erzählte nicht von Natalie, denn sie hatte all das noch nicht verarbeitet.

„Und... der Rest deiner Familie?", wollte Hannah wissen.

„Meine Mutter und mein Bruder sind auf meiner Seite. Sie glauben mir, dass ich alt genug bin um meine eigenen Entscheidungen zu treffen und, ich Amir wohl besser kenne als sie. Aber sie versuchen, sich aus dem Ganzen möglichst herauszuhalten, und mein Vater hält sehr gerne Moralpredigten und malt überall den Teufel an die Wand", erklärte Lydia.

„Oh Gott, ich kann mir vorstellen, dass das sehr schwer ist", meinte Hannah.

„Ja, wie gesagt, ich gehe meinem Vater die meiste Zeit über aus dem Weg. Ich mache mir auch viel mehr Sorgen um Amir, weil ich nicht weiß, was passiert, wenn seine Eltern herausfinden, dass er Atheist ist. Sie sind sehr religiös."

„Wenn ich dir irgendwie helfen kann...."

„Ich weiß nicht wie. Im Moment kann ich nicht viel tun. Amir muss nach dem Zivildienst möglichst schnell von seiner Familie unabhängig werden. So kann er ein freies Leben führen. Ich selber komme schon klar mit dem Ganzen.... Ich versuche, meinen Vater möglichst zu ignorieren." Lydia hatte ihre Situation etwas schöner beschrieben als sie war, doch sie selbst konnte all das kaum erfassen und Hannah kannte sie in Wahrheit kaum.

„Ja, schon klar", meinte Hannah „Aber... ich meine auch, wenn du Hilfe bei deinem Studium brauchst... ich meine, du hast in letzter Zeit immer etwas abwesend gewirkt."

„Oh... äh... danke!", murmelte Lydia. Es rührte sie, wie selbstverständlich Hannah ihr ihre Hilfe anbot, obwohl sie kaum etwas über sie wusste und außerhalb der Uni keinen Kontakt zu ihr hatte. „Also, wenn ich irgendetwas brauche, melde ich mich bei dir."

„Ja", sagte Hannah „Und wenn du einfach nur Ablenkung brauchst, kannst du dich auch jeder Zeit bei mir melden."

Die beiden verabschiedeten sich bei der U-Bahnstation. Das Gespräch mit Hannah hatte Lydia tatsächlich Kraft gegeben. Mit einem Außenstehenden, der dem völlig unvoreingenommen begegnen konnte, zu reden, hatte ihr geholfen, ihre Gedanken zu ordnen und mehr Klarheit über die Situation zu erlangen.

Als sie zu Hause ankam, war es bereits spät am Abend. Sie sprach nicht viel mit ihrer Familie, sondern machte sich bloß schnell etwas zu essen. Im Kühlschrank stand noch ein Rest Nudeln mit einer Soße, den sie aufwärmte. Während sie aß versuchte sie, all ihre Probleme zu verdrängen. Sie dachte daran, wie unerwartet nett Hannah gewesen war. Lydia erkannte erst jetzt, wie sehr sie die Anteilnahme einer Person, die nicht in all das verwickelt war, gebraucht hatte.

So beschloss sie Hannahs Angebot anzunehmen. In der folgenden Woche, als Amir keine Zeit hatte sie zu treffen, rief sie Hannah an und bat sie, sich mit ihr zu treffen. Lydia hatte keinen konkreten Vorschlag, so hoffte sie, Hannah würde etwas zur Ablenkung einfallen. Hannah kam dem sofort nach. Sie nahm Lydia mit in eine Disco. Dort war es so laut und so voll, dass Lydia nicht die Möglichkeit hatte, trübsinnigen Gedanken nachzuhängen. Lydia fühlte sich zuerst fehl am Platz, da sie sonst kaum in die Disco ging, erst recht nicht, seit sie mit Amir zusammen war. Doch mit der Zeit begann sie sich hier wohl zu fühlen. Die laute Musik und die vielen Menschen verdrängten bald alle unliebsamen Gedanken. Lydia könnte das gewiss nicht jeden Tag machen, doch um einmal all ihre Sorgen zu vergessen, war es der perfekte Ort.

Am nächsten Tag bekam sie einen überraschenden Anruf von Amir. „Hallo, Schatz", sagte er.

„Amir!", rief sie aus. Sie war so froh, seine Stimme mal wieder zu hören. „Wie geht es dir, Amir?", fragte sie.

„Es geht. Ich habe heute im Dienst nicht so viel zu tun. Wie geht es dir?"

„Ganz gut. Stell dir vor, ich war gestern mit einer Studienkollegin in der Disco."

„Echt?" Amir schien überrascht „Du gehst doch nie in die Disco."

„Ja, normalerweise nicht. Aber ich habe Abwechslung gebraucht. Trotzdem nervt es etwas, dass einen immer wieder irgendwelche Typen anbaggern, vor allem, weil viele das zehnte `Nein' nicht kapieren. Bei mir waren es gestern gleich fünf", erzählte sie.

„Mich wundert, dass es nur fünf waren", meinte Amir „Du hast sie doch alle abblitzen lassen?"

„Natürlich", sagte Lydia.

Eine Weile schwiegen sie beide. Dann meinte er: „Als ich das letzte Mal in der Disco war, habe ich noch nachher Allah um Vergebung gebeten. Kannst du dir das vorstellen? Ziemlich erbärmlich, oder?"

„Ich habe Gott nie um Vergebung gebeten", sagte Lydia „In meinem ganzen Leben nicht."

Wieder schwiegen sie beide. Dann fragte Amir: „Und wie läufts im Studium? Du hattest doch dieses Seminar."

„Ja", sagte Lydia „Wir stellen gerade einen Fragebogen zusammen." Lydia erzählte ihm von ihren Arbeiten im Seminar. Viel zu bald musste Amir wieder arbeiten. Er hatte nur eine kurze Pause gemacht. Lydia hätte noch viel länger mit ihm reden wollen, einfach nur um seine Stimme zu hören. Sie fühlte sich nach dem Gespräch kurz tatsächlich glücklich. Es war so schön, nach einer gefühlten Ewigkeit wieder mit Amir über ganz Alltägliches zu reden.

In den nächsten Wochen traf sie sich so oft wie möglich mit Amir, meistens im Haus der Familie Ylmatz, denn für lange Waldspaziergänge oder um sich in eine Wiese zu legen war es längst zu kalt. Lydia ging bewusst nicht gleichzeitig mit Amir zu Herrn Ylmatz` Haus, falls er von Familienmitgliedern beobachtet wurde. So blieb Lydia oft noch eine Weile da, nachdem Amir bereits gegangen war. Sie unterhielt sich dann meist noch mit Samar, die ihrer Religion gegenüber sehr liberal eingestellt war. Sie war zwar gläubige Muslima, machte sich aber nicht viel aus Kleidungsvorschriften, war meist stark geschminkt und hatte ihr fast hüftlanges Haar zu einem lockeren Zopf zurückgebunden. Sie ging auf Partys und in Discos und trank Alkohol, wie es die meisten Frauen in ihrem Alter taten. Ihre Mutter trug zwar ein Kopftuch, sah aus wie man sich eine muslimische Frau gemeinhin vorstellte, doch auch sie pflegte einen sehr freien und aktiven Lebensstil. Lydia mochte die Familie Ylmatz, da sie sie und Amir trotz aller Unterschiede respektierte.

Sie merkte, wie grundlegend verschiedene Meinungen Amir und Herr Ylmatz hatten, wenn es um Religion ging. „Du siehst den Islam zu einseitig", meinte Herr Ylmatz einmal zu Amir „Du betrachtest den Koran und die Hadithe und siehst dabei nur die schlechten Dinge und danach beurteilst du die ganze Religion. Aber es stehen auch so viele guten Sachen in den islamischen Schriften."

„Nicht ganz", entgegnete Amir „Ich weiß durchaus, dass auch gute Sachen im Koran stehen. Ich kann bloß nicht über all die Gewalt, die dort gepredigt wird hinwegsehen."

„Man muss die Dinge im Kontext sehen", meinte Herr Ylmatz „Diese Schriften sind zu einer anderen Zeit entstanden."

„Das stimmt schon. Nur leben wir eben in der heutigen Zeit. Für mich sind die ganzen Texte einfach nur veraltet."

„Ich glaube nicht, dass der heilige Koran veraltet ist. Ich weiß, dass viele Stellen darin zu Gewalt aufrufen. Aber andere ermahnen auch zu Frieden und Toleranz."

„Natürlich", sagte Amir „Der Islam ist ja auch in einer Zeit von Stammeskonflikten und wechselnden Bündnissen entstanden. So ist er auch zu lesen. Man findet Verse für den Krieg wie für den

Frieden. Wenn sich Gläubigen heute nur auf die guten Sachen beziehen würden, die in unsere heutige Gesellschaft passen, dann hätte ich ja auch kein Problem damit. Aber leider ist das nicht so. Im Koran steht zum Beispiel, dass man Ungläubige töten soll."

„Es steht aber auch im Koran `Es soll kein Zwang sein, im Glauben'. Ich werde dem immer folgen und niemandem versuchen, meinen Glauben aufzuzwingen", sagte Herr Ylmatz.

Amir lachte. „Wie schon gesagt, würden sich alle nur danach richten, dann hätte ich gar kein Problem mit der Religion. Aber leider ist das nicht so."

„Ich glaube es ist am Ende gar nicht relevant, was im Koran steht", mischte sich Lydia ein. „Jede Ideologie ist am Ende ein Produkt der politischen, sozialen und ökonomischen Verhältnisse in der Gesellschaft. Deswegen muss man sich um ideologisch motivierte Gewalt zu verstehen auch immer die Gesellschaft als Ganzes ansehen. Religiöse Schriften zum Beispiel bleiben über Jahrtausende hinweg gleich. Wie sie dann aber ausgelegt werden und wie wichtig den Leuten die Religion ist, wie mächtig sie ist... all das ändert sich, wenn sich die Umstände ändern. Für mich sind die Bibel oder der Koran als historische Texte interessant, aber ansonsten irrelevant."

„Ich glaube immer noch, dass Allah uns die Religion gegeben hat. Aber ich mache mir keine Sorgen, weil ihr nicht daran glaubt. Ich bin fest davon überzeugt, dass Allah uns nach unserem Charakter beurteilt und nicht nach unserem Glauben", meinte Herr Ylmatz.

Bald darauf musste Amir sich auf den Heimweg machen. Lydia blieb noch länger, damit man sie nicht zusammen weggehen sah.

Als sie schließlich nach Hause ging, kam ihr nach nur wenigen Metern ein arabisch aussehender Mann entgegen. Lydia hatte ihn zwar nur auf Fotos gesehen, doch sie erkannte ihn als Amirs Bruder Mustafa. Lydia blieb abrupt stehen.

„Hey, was machst du hier bei Amirs Freunden?", fragte Mustafa scharf.

Erst wollte Lydia abstreiten, bei Herrn Ylmatz gewesen zu sein und behaupten, sie sei nur zufällig in der Gegend unterwegs. Doch, auch wenn sie ihn beim Rausgehen nicht gesehen hatte, konnte es sein, dass er bereits wusste, dass sie im Haus der Ylmatz gewesen war. Also sagte sie nur in möglichst ruhigem Tonfall: „Gar nichts. Samar ist eine Freundin von mir. Ich war sie besuchen, sonst nichts."

„Halt dich von meinem Bruder fern, du Schlampe", befahl Mustafa.

„Amir und ich sind nicht mehr zusammen!", entgegnete Lydia.

„Das will ich auch hoffen! Wir wollen keine Ungläubigen in unserer Familie." Er packte sie grob am Arm „Wehe, du versuchst nochmal, ihn zum Unglauben zu bekehren! Dann machen wir dich fertig, du Hure!" Mit diesen Worten ließ er sie los und ging davon.

Lydia stand stocksteif an die Hauswand gepresst. Ihre Beine zitterten. Nur langsam löste sich ihr Körper aus seiner Starre. Sobald sie sich wieder bewegen konnte, begann sie zu rennen. Tausende Gedanken stürmten auf sie ein. Wie viel wusste er? Was würde er jetzt tun? War Amir in Gefahr? Lydia blieb erst vor ihrem Elternhaus wieder stehen. Sie atmete tief durch. Ihr gesamter Körper zitterte. Sie schloss die Augen und versuchte, sich zu beruhigen, denn sie wollte nicht, dass ihr Vater ihre Panik bemerkte. Erst nach mehreren Minuten ging sie schließlich hinein und eilte sogleich die Treppe hinauf. Ihr Vater saß vor dem Fernseher, da wohl irgendein Fußballmatch übertragen wurde. Lydia war heilfroh, denn so würde er sie nicht fragen, wo sie gewesen sei.

Von Amir erhielt sie an diesem Abend nur eine SMS, dass es ihm gut ginge, sie sich aber in nächster Zeit wahrscheinlich weniger sehen würden. Lydia atmete tief durch. Wenigstens hatte er eine Gelegenheit gefunden, ihr zu schreiben. Lydia wünschte sie wüsste mehr. Sie wollte glauben, dass es ihm gut ging, doch tief in ihrem Inneren wusste sie, dass er das auch sagen würde, wenn es nicht so wäre.

Nach diesem Ereignis traf sich Lydia einige Zeit nicht mit Amir. Um sich von ihren Sorgen abzulenken, ging sie öfter mit Hannah aus. Mal ging sie mit ihr in eine Cocktailbar, mal in die Disco oder auf eine Studentenparty. All das ließ sie jeweils für einige Stunden ihre Probleme in den Hintergrund drängen, doch auch ihre Leistungen an der Uni litten oftmals unter den Feiern. So zwang sich Lydia wieder vermehrt zu lernen, auch wenn es ihr schwer fiel sich darauf zu konzentrieren. Sie begann sich mit Hannah zu treffen, um gemeinsam den Stoff für ihre Prüfungen zu wiederholen. Da Hannah sehr oft zu spät mit dem Lernen begann, war sie froh darüber jemanden zu haben, der sie dazu animierte. Lydia versuchte ihr Tipps zu geben, wie sie sich motivieren und ihre Zeit besser einteilen konnte, auch wenn sie selbst im Moment nicht so gut darin war.

Zu allem Überfluss stritt sie sich immer öfter mit ihrem Vater, seit sie offen zugegeben hatte noch mit Amir zusammen zu sein. Er war schlichtweg nicht imstande, seine Vorurteile beiseite zu lassen und bildete sich nun auch noch ein, ihr Studium sei schuld daran, dass sie zu so einem „leichtgläubigen Gutmensch" geworden war.

Erst nach zwei Wochen fand sich wieder eine Gelegenheit Amir zu treffen. Da ihr bisheriger Treffpunkt nicht mehr sicher war, so verfolgten sie dieses Mal eine andere Strategie. Amir ging zu Herr Ylmatz, während Lydia zu Hannah nach Hause ging. Nach ungefähr einer Stunde folgte ihr Amir dorthin. Lydia war froh, sich wieder mit Amir treffen zu können. Es war nicht dasselbe, denn Hannah hatte nur eine Einzimmerwohnung und so hatten sie viel weniger Platz und auch keine Privatsphäre. Sie mussten also in Hannahs Gegenwart über alles reden. Amir erzählte ihr, dass seine Familie wieder misstrauischer war, seit sie Lydia nur knapp nach ihm in der Nähe von Herr Ylmatz` Haus gesehen hatten. Er versicherte, ihm drohe keine Gefahr, solange er weiterhin den frommen Moslem spielte, doch er musste wieder deutlich vorsichtiger sein.

Lydia rang sich dazu durch, Amir von den Streitereien mit ihrem Vater und letztendlich auch von Natalie zu erzählen.

Amir wirkte sehr traurig. Er sagte lange nichts. Dann schloss er die Augen. Es fiel ihm eindeutig schwer zu sprechen. „Lydia, ich wollte nie, dass du meinetwegen so viel durchmachen musst."

Lydia nahm seine Hand „Das ist nicht deinetwegen. Du bist nicht schuld daran, dass mein Vater Vorurteile hat und Natalie sich nur mit Leuten abgeben will, die immer ihrer Meinung sind."

„Mag sein", meinte Amir „Aber das macht am Ende auch keinen Unterschied. Ich wollte nie, dass du deine Freunde verlierst oder dass du so viel Ärger mit deinem Vater hast. Ich weiß, dass es dir besser ginge, wenn ich nicht da wäre!"

„Was soll das heißen!", rief Lydia mit unerwartet schriller Stimme „Das stimmt überhaupt nicht. Du weißt, dass ich dich liebe. Es liegt alles nicht an dir, es liegt nur an anderen Leuten!" Ohne es zu wollen, merkte Lydia, wie ihr die Tränen kamen.

„Ich weiß", sagte Amir „Ich weiß, wir beide könnten glücklich sein, wenn die äußeren Umstände anders wären. Aber ich kann nicht zusehen, wie dein Leben wegen mir aus den Fugen gerät. Vielleicht..." er schloss die Augen. Sie konnte sehen, wie er mit den Tränen kämpfte. „Vielleicht wärst du besser dran mit jemand anderen als mir, jemanden, den deine Freunde und dein Vater akzeptieren würden! Vielleicht wäre es besser, wenn wir..." Amir brach ab. Er konnte nicht weitersprechen.

„Was! Nein, das wäre es nicht! Ich will mit dir zusammen sein. Es ist mir egal, was andere denken. Wenn sie sich von mir abwenden, dann sollen sie doch. Wenn sie dich nicht akzeptieren, dann sind sie es nicht wert, ein Teil meines Lebens zu sein. Ich werde zu dir halten, egal, was andere denken!" Lydias Stimme zitterte.

Amir seufzte tief. „Das sagst du jetzt", meinte er „Aber sagst du das auch noch in 20 Jahren?"

„Natürlich!", rief Lydia „Hör zu, ich brauche dich, gerade jetzt. Ich ziehe mich zu Hause nur noch in mein Zimmer zurück und verbringe so viel Zeit wie möglich weg von zu Hause. Ich habe bereits Natalie verloren, ich kann dich nicht auch noch verlieren. Und wenn ich dich wegen meines Vaters verlieren würde, dann könnte ich ihm das nie verzeihen!"

Amir nickte. „Gut". Er versuchte noch mehr zu sagen, brachte jedoch nichts mehr heraus. Lydia nahm seine Hand. In dem Moment wussten sie beide, dass sie alledem nur zusammen trotzen konnten. Erneut begannen sie, sich ihre gemeinsame Zukunft auszumalen, in der sie beide von ihren Familien unabhängig sein würden und Lydias Vater vielleicht einsichtig geworden wäre. Sie stellten sich vor, wie sie beide sich eine Wohnung teilten. Am besten in einem der äußeren Bezirke von Wien, wo es nicht weit zum Wald war. Außerdem sollte die Wohnung eine Dachterrasse haben, auf der sie Blumen und Gewürzstöcke ziehen konnten. Natürlich war ihnen beiden klar, dass sie nehmen mussten, was sie kriegen konnten, doch für den Moment wollten sie sich alles so vorstellen, wie es am Schönsten wäre. Sie beide hätten einen wenig stressigen Teilzeitjob, mit dem sie die Wohnung leicht finanzieren konnten und gelegentlich auch noch einen Ausflug machen, oder zusammen essen oder ins Kino gehen konnten. Sie beide würden studieren, Lydia würde den Master in Kultur-und

Sozialanthropologie machen und Amir den Bachelor in Politik-wissenschaften. Sie beide würden sich von niemandem mehr sagen lassen müssen, mit wem sie sich treffen durften oder was sie zu tun hatten. Für Momente gelang es ihnen tatsächlich, die Realität zu verdrängen und sich vollkommen in ihren Träumen zu verlieren. Sie wussten, dass es noch ein langer Weg bis zu alledem war und sich ihnen noch viele Hindernisse in den Weg stellen würden, doch für den Augenblick fühlte es sich real an.

Während der nächsten Tage hörte Lydia wieder seltener von Amir. Doch es war nicht so schlimm, wie beim letzten Mal, dass sie kaum von ihm gehört hatte, denn nun wusste sie, dass er immer noch zu ihr hielt und dass sich das auch nicht ändern würde. So versuchte sie sich mit Lernen abzulenken oder verbrachte die Zeit mit Hannah, vor allem als die Ferien begannen und sie keine Vorlesungen besuchen musste. Sie versuchte trotz allem so viel wie möglich zu lernen, damit sie nicht neben all ihren privaten Sorgen auch noch an der Uni versagte. Sie wollte die Ferien so gut wie möglich nutzen, nicht nur zum Lernen, sondern auch um sich etwaige Lösungen für ihre Probleme zu überlegen. Neben alldem brachten die Ferien aber auch Nachteile mit sich. Einerseits lief sie nun nicht ständig Natalie über den Weg und wurde dadurch an ihre verlorene Freundschaft erinnert. Zudem hatte sie weniger zu tun. Andererseits verbrachte sie mehr Zeit zu Hause und so zwangsläufig auch mit ihrem Vater und musste sich seine Vorwürfe anhören. Außerdem kam sie, wenn sie weniger zu tun hatte, auch mehr zum Grübeln.

Amir schickte meistens nur am Abend eine kurzen SMS, in der stand, dass es ihm gut ginge. Lydia war jedes Mal erleichtert, wenn sie diese Nachrichten las. Er schrieb auch viel weniger auf Twitter als früher. Während er früher meist mehrere Tweets am Tag gepostet hatte, war es nun vielleicht ein kurzes Statement am

Abend. Lydia verfolgte alle seine Meldungen, denn jedes Lebenszeichen, das er von sich gab, nahm ihr ein wenig ihrer Sorgen. Er berichtete von dem Druck, den er durch seine Familie, vor allem seinen Vater, erfuhr, davon, wie er tagtäglich eine Lüge leben musste. So schrieb er etwa: „Ich muss vor meiner Familie nicht nur meinen Atheismus geheim halten, sondern auch, dass ich mit einer Ungläubigen zusammen bin". Dabei achtete er darauf, dass er keine Informationen preisgab, die man speziell mit ihm in Verbindung bringen könnte. Dennoch hatte Lydia Angst, dass seine Familie die Wahrheit herausfinden würde. Diese kam plötzlich, während sie seine Worte las; Worte, die seine Familie niemals akzeptieren würde. Mit einem Mal überkam sie Panik. Was, wenn eines der Mitglieder seiner Familie all diese für sie ungeheuerlichen Aussagen mit ihm in Verbindung brachte? Lydia versuchte sich zu beruhigen. So weit sie wusste, hatte niemand aus seiner Familie einen Twitteraccount. Außerdem war Amir hier anonym. Dennoch fürchtete Lydia um seine Sicherheit. Manchmal begann sie sich Horrorszenarien auszumalen, in denen seine Familie die Geschichten und Aussagen auf Twitter zu ihm zurückverfolgte. Sie wollte sich gar nicht vorstellen, was sie ihm dann antun würden. Lydia schloss die Augen und versuchte, ihre Gedanken zu ordnen. Es bestand keine Gefahr, sagte sie sich. All diese Bilder des Grauens waren nur in ihrem Kopf. Wie sollten sie es denn herausfinden? Er gab schließlich nur sehr dezent persönliche Informationen preis. Die meisten seiner Beiträge kritisierten entweder die Religion oder handelten von allgemeinen politischen Themen. Er äußerte sich auch dazu, wie schnell er immer in die rechte Ecke gestellt oder von Rechtsextremen instrumentalisiert wurde. So schrieb er etwa: „Viele behaupten, dass ich rechts bin, dabei bin ich für die Aufnahme von Flüchtlingen, für Sozialleistungen und gegen jede radikale Ideologie, also auch gegen den Islam." Ein andermal schrieb er: „Jedes Mal, wenn ich den Islam kritisiere, oder über meine Erfahrungen berichte, versuchen Rechtsextreme, das für ihre Propaganda zu missbrauchen. Ich lasse mich nicht von euch benutzen, um noch mehr Hass gegen Muslime zu verbreiten".

Mit der Zeit entspannte sie sich wieder. Es bestand de facto keine realistische Chance, dass seine Familie all das je auf Amir zurückführen würde. Nun, da sie sich erfolgreich davon überzeugt hatte, konnte sie seine Beiträge unbeschwerter lesen. Lydia las sie wieder und wieder, hunderte Male. Irgendwie fühlte sie sich weniger einsam, wenn sie das tat, weil all das ein Teil von Amir war.

Eines Abends wurde sie wieder von ihrem Vater auf dieses Thema angesprochen. „Du bist immer öfter nicht zu Hause. Triffst dich mit deinem Terroristenfreund oder irgendwelchen anderen komischen Leuten!"

„Nein!", rief Lydia „Ich treffe mich meistens mit einer Studienkollegin! Wir schreiben zusammen an einer Seminararbeit, ok! Und im Übrigen ist sie Österreicherin, also für dich keine Terroristin. Aber, oh Gott, sie ist politisch links! Sie vergiftet mich also mit ihrem `Gutmenschendenken'! Ganz ehrlich, es geht dich gar nichts an, mit wem ich mich treffe!"

„Jetzt werd nicht wieder frech, solange ich für dich sorge, geht es mich sehr wohl etwas an! Geh und such dir einen Job, so wie dein Bruder, dann kannst du machen, was du willst und dich von mir aus auch mit Gesindel herumtreiben, wenn du unbedingt mal als vierte Frau von irgendeinem...."

„Ja, erzähl das wem, den es interessiert!", rief Lydia und stürmte in ihr Zimmer. Sie schlug die Türe zu und warf sich auf ihr Bett. Erneut konnte sie die Tränen nicht zurückhalten. Sie war wütend auf ihren Vater und auch auf sich selbst, weil sie sich immer von ihm herunterziehen ließ. Sie musste eigentlich lernen, doch sie würde sich ohnehin wieder nicht konzentrieren können. Also rief sie Hannah an und fragte, ob sie zufällig Zeit hätte.

Die beiden trafen sich in Hannahs Wohnung. Lydia erzählte von den immer häufiger werdenden Streitereien mit ihrem Vater.

„Also, so wie es aussieht, scheint dein Vater ein Problem damit zu haben, einzusehen, dass du erwachsen bist", meinte Hannah.

„Ja, deswegen hält er mir bei jeder Gelegenheit vor, dass ich noch von ihm abhängig bin. Er denkt wohl, solange ich kein eigenes Geld verdiene, bin ich dazu verpflichtet, mir von ihm alles gefallen zu lassen. Irgendwie stimmt das auch... ich meine, ich habe nicht wirklich eine Alternative."

„Für deinen Vater ist dein Studium bedeutungslos, oder?", wollte Hannah wissen.

Lydia lachte. „Wenn es nach meinem Vater ginge, hätte ich gleich nach der Matura angefangen, in seiner Firma zu arbeiten und keine weitere Ausbildung gemacht. Er schätzt Bildung nicht gerade und hat auch eine sehr negative Einstellung gegenüber Akademikern. Aber ich glaube, sein Problem ist nicht nur, dass ich studiere, sondern auch, was ich studiere. Er macht nämlich mein Studium dafür verantwortlich, dass ich mit jemandem wie Amir zusammen bin und irgendwie stimmt das auch. Ich habe ihn ja bei den Arbeiten für ein Seminar kennengelernt. Aber auch unabhängig davon hat er ein Problem damit. Mein Vater hat ein ziemlich simples Weltbild und ich glaube, es stört ihn, dass ich es ganz einfach widerlegen kann. Er hat mich in politischen Diskussionen dann oft einfach nicht mehr zu Wort kommen lassen."

„Wow, das klingt hart", murmelte Hannah.

„Naja, ich vermeide es mittlerweile meistens mit ihm zu diskutieren. Ich befürchte nur, dass sich unsere Beziehung nicht bessern wird und ich früher oder später den Kontakt abbrechen muss."

Hannah zeigte sich verständnisvoll und Lydia war ihr unendlich dankbar, dass sie immer da war, um ihr zuzuhören oder sie abzulenken oder was auch immer sie gerade brauchte.

„Meine Mutter und mein Bruder sind zwar auf meiner Seite, aber gegen meinen Vater können sie sich auch nicht durchsetzen. Er lässt sich ja von niemandem etwas sagen", fuhr Lydia fort.

„Wieso können sie sich nicht durchsetzen?", wollte Hannah wissen.

„Naja, wenn er sich etwas einbildet, dann lässt er sich von niemandem etwas sagen. Und rationale Argumente überzeugen ihn ohnehin nicht", erklärte Lydia.

„Und Amir?", fragte Hannah.

„Er hat noch viel größere Probleme mit seinem Vater und seinen Brüdern." Lydia versuchte die Situation so genau wie möglich zu schildern, um Hannah auf den neuesten Stand zu bringen.

„Sein Bruder hat dich bedroht!", rief Hannah aus.

„Ja, aber ich habe ihn seitdem nicht mehr gesehen."

„Hältst du ihn für gefährlich?"

„Ehrlich, ich kenne ihn kaum. Er soll seine Schwestern gelegentlich geschlagen haben, wenn sie nicht gehorcht haben oder er geglaubt hat, dass sie Schande über die Familie bringen könnten. Aber das war anders als bei Amir, weil es um die Familienehre ging."

„Ja, aber bei Amir doch auch!", erwiderte Hannah.

„Amir ist ein Mann, da ist es weniger schlimm. Sie wollen nicht, dass er mit einer Ungläubigen zusammen ist. Wenn ich zum Islam konvertieren würde, würden sie es vielleicht sogar akzeptieren. Falls sie ihn nicht mit einer Person aus einer bestimmten Familie verheiraten wollen. Naja, aber jedenfalls ist Amir selbst längst nicht mehr gläubig und ich habe nie wirklich an irgendeine Religion geglaubt. Wir beide wollen keine Lüge leben müssen."

Hannah blickte lange zu Boden. „Das heißt, er muss den Kontakt zu seiner Familie abbrechen?"

„Ja, sobald er den Zivildienst gemacht hat, will er sich den erstbesten Job suchen, um von seiner Familie unabhängig zu sein. Er hat vorerst keine Möglichkeit, seine Träume zu verfolgen. Er muss tun, was nötig ist, um von alledem weg zu kommen." Der Gedanke daran machte Lydia unendlich traurig. Doch sie glaubte fest daran, dass Amir eines Tages seinen Wunsch nach einem Studium verwirklichen würde.

Die nächsten Tage vergingen ohne gröbere Zwischenfälle. Lydia versuchte sich abzulenken. Sie lernte so viel sie konnte. Wenn sie Zeit hatte, traf sie sich mit Hannah. Da sie nun bald schon erste Daten aus ihren Erhebungen für das Seminar vorweisen mussten, verteilten sie nun mehrmals in der Woche Fragebögen. Gelegentlich unternahm sie auch etwas mit ihrem Bruder. Daniel mochte viele der Einstellungen ihres Vaters teilen, doch er hielt zu Lydia und gab ihr das auch immer wieder zu verstehen. Oft dachte sie an die Zeit, bevor das alles angefangen hatte. Sie erinnerte sich an früher, als sie alle gemeinsam in den Bergen wandern gewesen waren. Sie dachte daran, als sie im Sommer in Italien gewesen waren und ihr Vater ihr jeden Abend ein großes Eis gekauft hatte, obwohl ihre Mutter immer wieder gemeint hatte, sie solle nicht so viel Süßes essen. Da waren so viele schönen Erinnerungen, die sie mit ihrem Vater verband. Lydia wünschte sich, sie beide könnten wieder zusammen einfach nur Spaß haben, ohne all diese, Probleme. Doch das schien nicht mehr möglich, denn ihre Beziehung zu Amir war ihrem Vater ein so großer Dorn im Auge, dass er einfach nicht über sie hinwegsehen konnte. Als Lydia versuchte wieder mehr zu zeichnen, wurde ihr das erneut bewusst. Sie setzte sich einmal vor das Küchenfenster, um den verschneiten

Garten abzuzeichnen. Doch ihr Vater versuchte wieder mit ihr über Amir zu reden und sie davon zu überzeugen, sich von ihm zu trennen. So stand Lydia auf und ging in ihr Zimmer.

Von Amir erfuhr sie hauptsächlich über Twitter. Er schrieb ihr zwar weiterhin jeden Abend, dass es ihm gut ginge, gab aber kaum etwas über seine Gefühle oder eventuellen Entwicklungen in seinem Leben preis. In dieser Zeit war es primär Hannah, die ihr Trost spendete.

Probleme

Als der Unterricht wieder begann, verbrachte Lydia wieder mehr Zeit außer Haus. Wenn sie doch zu Hause war, zog sie sich meistens in ihr Zimmer zurück. Sie vermisste das unbeschwerte Leben, das sie einst geführt hatte. Doch sie wollte nicht zu diesem einfachen Leben zurück, wenn sie dafür Amir aufgeben müsste. Dieses Wissen gab Lydia Kraft. Was auch immer auf sie zukam, sie würde es durchstehen und am Ende gestärkt daraus hervorgehen. Sie traf sich nur selten mit Amir, doch wann immer sie ihn sah, wusste sie, dass er all das wert war. Manchmal ließ Hannah sie beide auch in ihrer Abwesenheit in ihrer Wohnung sein. Einmal ging sie sogar längere Zeit weg, um ihnen ein Wenig Privatsphäre zu lassen. Amir erzählte ihr von seiner momentanen Situation: „Mein Vater hat mich wieder zu einem Imam mitgenommen, der mich auf den rechten Weg bringen sollte. Ich habe natürlich brav mitgespielt und versucht, mich die nächsten Tage extrem fromm zu verhalten. Ich habe penibelst genau alle Gebetszeiten und religiösen Gebote eingehalten und bin kaum mehr als nötig aus dem Haus gegangen. Es sind noch fünf Monate, bis ich mit dem Zivildienst fertig bin", sagte Amir „Das halte ich durch. Dann suche ich mir den erstbesten Job. Und wenn ich in einem Geschäft Regale schlichten muss oder den Müll von den Straßen kehren. Es ist mir egal. Es wird auf jeden Fall besser sein, als das Jetzt."

Lydia sah zu Boden. „Erinnere dich an unsere Pläne für die Zukunft. Wenn ich den Bachelor fertig habe, können wir beide Teilzeit arbeiten und nebenbei studieren; so wie wir es besprochen haben."

„Ja", murmelte Amir „ich hoffe, dass wir studieren können. Aber viel wichtiger ist es mir, endlich frei zu sein; mich nicht mehr jeden Tag verstellen zu müssen."

Es versetzte Lydia einen Stich, wie grundlegende Dinge, die für jeden anderen selbstverständlich waren, für ihn unerreichbar schienen. Sie schwor sich, dass er das Leben führen würde, das er sich so sehnlichst wünschte. Sie versuchte erneut ihn mit der Vorstellung, wie seine Zukunft aussehen würde, abzulenken, doch dieses Mal konnte er sich nicht wirklich in diesen Träumen verlieren. Die Realität war einfach zu allgegenwärtig. Alles, was er wollte, war es, seiner momentanen Hölle zu entkommen.

„Vielleicht hast du Recht. Aber im Wesentlichen ist mir im Moment alles recht, solange ich von zu Hause wegkomm."

Lydia nahm seine Hand. „In ein paar Monaten ist es so weit", sagte sie.

Amir lächelte bei der Vorstellung. Das Leben, das er unmittelbar nach seinem Auszug führen würde, wäre auch sicher kein einfaches, doch er könnte zumindestens ehrlich sein und bräuchte sich nicht andauernd zu verstellen. Er würde nicht mehr länger etwas sein müssen, das er nicht war. Die Möglichkeit, man selbst sein zu können, war wohl etwas, dessen Wert man erst vollends verstand, wenn man ihrer über längere Zeit beraubt wurde.

Im Januar stieg der Prüfungsstress wie jedes Jahr. Lydia fand sich kaum noch zurecht, denn sie hatte während des Semesters nicht regelmäßig mitgelernt und war in Vorlesungen oft unaufmerksam gewesen. Doch das stresste sie bei Weitem nicht so sehr wie all die Schwierigkeiten mit ihrem Vater. Er versuchte bei jeder Gelegenheit, ihr ins Gewissen zu reden und sie davon zu überzeugen, dass sie Amir nicht trauen könne. Dabei kam er mit den wüstesten Bedrohungsszenarien wie, dass sie ihn noch eines Tages mit drei anderen Frauen teilen müsse, dass er sich, wenn sie einmal 30 wäre, eine vierzehnjährige dazunehmen würde, dass sie noch eine Burka tragen müssen werde…. Wenn Lydia darauf entgegnete, dass sie sich auf die Prüfungen vorbereiten müsse und deshalb keine Zeit für seine Moralpredigten hätte, begann er über ihr Studium herzuziehen und behauptete, es wäre eh alles, was sie lernte nur linkslinke Indoktrination, sie würde dort zu einem Kulturrelativisten und Gutmenschen erzogen und natürlich wäre allein ihr Studium schuld, dass sie sich mit Menschen wie Amir überhaupt abgab. Lydia konnte nur die Augen verdrehen. Für ihn war alles, was nicht seinem Weltbild entsprach, linke Indoktrination. Dass sie bereits lange bevor sie zu studieren begann, seine Ansichten abgelehnt hatte; dass sie de facto nie wirklich daran geglaubt hatte, war ihm wohl egal. Lydia versuchte ihn zu meiden, wann immer sie konnte, da die Stimmung zwischen ihnen beiden immer gereizter wurde und sie spürte, dass die Lage bald eskalieren würde. Das wirkte sich auf die Stimmung in der gesamten Familie aus. Auch ihre Mutter und ihr Bruder waren oft gereizt. Sie sagten meistens nichts, um nicht in die Streitigkeiten zwischen Lydia und ihrem Vater hineingezogen zu werden. Lydia wünschte wirklich ihre Mutter und ihr Bruder würden sie öfter verteidigen. Doch gleichzeitig wusste sie, dass das auch nichts bringen würde. Er ließ sich schließlich ohnehin von niemandem etwas sagen.

Ihr Bruder und ihre Mutter versicherten ihr zwar immer wieder, wenn er weg war, dass sie wussten, dass Lydia im Recht war. Dennoch ärgerte es sie, wenn ihre Mutter ihren Vater des Öfteren mit Aussagen wie er könne eben auch nicht aus seiner Haut, verteidigte. So entfremdete sich Lydia immer mehr von ihrer Familie. In ihr war eine tiefe Leere. Sie versuchte sich mit Lernen davon abzulenken, doch das half immer nur für kurze Zeit. So zweifelte sie, dass sie ihr Studium überhaupt beenden könnte. Der Druck war einfach zu groß. Sie könnte in ihrem jetzigen Zustand nicht für eine Bachelorarbeit recherchieren.

Doch am meisten Sorgen bereiteten ihr die immer seltener und immer kürzer werdenden Nachrichten von Amir. Während er ihr früher noch täglich mehrere Mitteilungen geschrieben und diese oft mit Herzchen versehen hatte, schickte er ihr jetzt meistens nur noch Abends eine kurze Mitteilung, dass es ihm gut ginge. Lydia war sich sicher, dass etwas nicht stimmte. Sie fürchtete, dass seine Familie wieder Probleme bereitete. Wurden sie misstrauisch? Ahnten sie vielleicht sogar etwas? Sie erinnerte sich fortwährend an ihr letztes Treffen und wie gebrochen Amir gewirkt hatte.

Als Daniel sie einmal nach Amir fragte, erzählte sie ihm von seinen Sorgen mit seiner Familie. Dabei wurde ihr erneut klar, wie einfach sie es doch im Vergleich zu ihm hatte. Diese Erkenntnis machte sie immer wieder traurig.

„Denkst du nicht, dass Papa es vielleicht einsehen könnte, wenn er erkennt, dass Amir sich gegen seine eigene Familie und für dich entscheiden würde?", fragte Daniel.

„Nein, ich glaube nicht", meinte Lydia „Es würde ihn eher nur in seiner Meinung bestärken. Er würde denken, dass Amirs Familie eben mit seiner Wahl unzufrieden ist. Aber am Ende würde es nichts ändern. Er will nicht, dass ich mit so einem Mann zusammen bin oder, seine Enkelkinder in so einer Gemeinschaft aufwachsen."

„Aber er weiß doch von Twitter, dass Amir gegen diese Werte ist und von seiner religiösen Gemeinschaft unabhängig sein will", erwiderte Daniel.

„Nein, Amir ist auf Twitter anonym", erklärte Lydia „Papa weiß nichts davon, dass dieser Account ihm gehört. Er würde es auch wohl kaum glauben, wenn ich es ihm sagen würde."

Daniel seufzte tief. „Ich glaube, irgendwann wird er es einsehen. Wenn Amir erstmals lange genug Teil deines Lebens ist und er merkt, dass du immer noch normal angezogen bist und dieselben Dinge tust, wie jetzt. Ich meine... so stur kann doch nicht einmal er sein."

„Vielleicht… ich hoffe es. Aber es fällt mir immer schwerer, darauf zu hoffen. Ich bin doch seit über einem Jahr mit Amir zusammen und er hat seine Einstellung ihm gegenüber immer noch kein bisschen geändert."

„Naja… du kennst ihn, er muss einfach immer Recht haben und wenn er sich einmal etwas einbildet, dann ist es kaum möglich, ihn noch umzustimmen."

„Ja, aber sobald ich den Bachelor habe, suche ich mir einen Job und ziehe mit Amir in eine Wohnung. Dann hat er mir nichts mehr zu sagen." Lydia erzählte ihm von ihren Plänen mit Amir.

„Das klingt ganz gut", sagte Daniel „Aber ich sehe, dass die Situation zwischen euch sehr angespannt ist. Ich frage mich, ob du das noch so lange aushältst?"

„Ehrlich, ich weiß es nicht. Ich kann mich kaum noch dazu zwingen, für meine Prüfungen zu lernen. Ich mache mir auch ständig Sorgen um Amir…."

„Hörst du noch von ihm?", fragte Daniel.

„Ja, er schreibt mir immer wieder, dass es ihm gut geht, aber genaue Details erfahre ich in letzter Zeit kaum. Ich habe Angst, dass ihm irgendetwas passiert ist. Manchmal schaue ich auf Twitter, fast um mich zu vergewissern, dass er noch am Leben ist. Aber auch da warte ich eigentlich nur darauf, dass etwas passiert. Ich verbringe fast mehr Zeit auf Twitter als mit Lernen."

„Also ich halte das für ungesund", sagte Daniel „Nicht umsonst habe ich meinen Account vor Jahren gelöscht."

Lydia lachte. „Ja, das kann sein. Aber manchmal kommt es mir vor, als wäre das meine einzige Verbindung zu Amir."

„Sieh es einmal so. Es ändert nichts an den Umständen, wenn du öfter nachschaust, ob es Neues gibt", meinte Daniel „So wie das klingt, verbringst du die meiste Zeit mit Warten."

„Ja, meistens sitze ich vor dem Computer und hoffe, dass Amir ein neues Lebenszeichen von sich gibt. Das macht er aber auch nur so ein oder zweimal am Tag. Ich vermute, er muss sehr aufpassen, dass ihn seine Familie nicht bei etwas sieht, was ihr Misstrauen erregen könnte. Ich weiß, es sind nur noch ein paar Monate. Für uns beide gibt es ein absehbares Ende von dem Ganzen, aber es ist einfach noch in so weiter Ferne."

„Ich weiß", sagte Daniel „Aber du solltest trotzdem weniger darüber nachdenken und vor allem weniger Zeit auf Twitter verbringen. Wenn dir das mit Papa zu viel wird, kannst du vielleicht ein paar Tage bei einer Freundin verbringen oder so."

„Vielleicht", überlegte Lydia „Ich weiß, ich sollte etwas tun, was mich auf ganz andere Gedanken bringt."

Als schließlich die Prüfungen unmittelbar bevorstanden, wurde Lydia die Anspannung zu viel. Verzweifelt versuchte sie, den Vorlesungsstoff im Gedächtnis zu behalten, während sie sich ständig Sorgen um Amir machte. Zu allem Überfluss musste sie sich auch noch ständig die Vorwürfe ihres Vaters anhören. Schließlich ertrug sie all das nicht länger. Nachdem sie wieder mit ihrem Vater gestritten hatte, erlitt sie einen Nervenzusammenbruch. Sie lag mehrere Stunden in ihrem Bett und weinte, unfähig aufzustehen. Sie wusste, dass es so nicht weitergehen konnte. Lydia hatte das Gefühl innerlich zu zerbrechen. Sie schluchzte, bis sie keine Kraft mehr hatte. Einige Minuten lang schloss sie die Augen und versuchte, sich zu sammeln. Daniels Rat kam ihr wieder in den Sinn. Sie entschloss sich, Hannah anzurufen und sie zu fragen, ob sie das Wochenende bei ihr verbringen konnte. Lydia atmete auf, als Hannah ihr zusagte. Sie packte schnell das Nötigste zusammen und machte sich auf den Weg zu Hannahs Wohnung.

Dort weinte sie erneut über eine Stunde lang und erzählte Hannah, wie hoffnungslos ihr ihre Situation erschien. „Es ist einfach zu viel. Ich kann kaum noch für die Prüfungen lernen. Ich ertrage die ganze Situation zu Hause einfach nicht mehr. Aber ich kann auch nicht einfach mal so weg! Bis ich einen Job und eine Wohnung hätte, würde es bestimmt mehrere Monate dauern und ich komm jetzt schon mit der ganzen Belastung nicht klar, wie soll ich da noch einem Job suchen? Ich könnte in meinem Zustand noch nicht einmal ein Bewerbungsschreiben verfassen. Und dass ich mir ständig Sorgen um Amir mache, macht das alles noch schlimmer. Ich denke die ganze Zeit daran, was alles passieren könnte, wenn seine Eltern herausfinden, dass er Atheist ist."

Hannah versuchte, sie zu beruhigen. „Amir ist sehr vorsichtig", sagte sie „Seine Eltern werden es nicht herausfinden. Und sein Zivildienst ist ja in zwei Monaten oder so vorbei. Vielleicht, wenn er einen Job und eine Wohnung hat, kann er dich die letzten Monate bis zu deinem Abschluss unterstützen."

„Ja, vielleicht hast du Recht", murmelte Lydia. Sie fühlte sich wirklich etwas besser, nachdem sie mit Hannah über alles gesprochen hatte. Ihre Worte ließen Lydia wieder einen Funken Hoffnung schöpfen, an den sie sich klammern konnte.

Am nächsten Tag ging es ihr wieder gut genug um zu lernen. Sie nutzte die Zeit, da sie hier zumindest keinen Stress mit ihrem Vater hatte. Am Montag fuhr sie direkt zur Uni, wo sie ihre Prüfung ablegte.

Erst am späten Nachmittag kam Lydia wieder nach Hause. „Wie war es bei deiner Freundin?", fragte ihr Vater.

„Es war sehr nett", antwortete Lydia nur. Nach ihrer Prüfung fragte er nicht. Es interessierte ihn einfach nicht und das versuchte er auch nicht mehr zu verbergen.

So ging Lydia in ihr Zimmer. Ihr erster Impuls war es, ihren Computer aufzudrehen und nachzusehen, ob Amir auf Twitter aktiv gewesen war. Doch dann fiel ihr ein, was Daniel ihr gesagt hatte. So ging sie in das Café direkt um die Ecke und bestellte sich dort eine heiße Schokolade. Lydia konnte sich ein wenig entspannen. Schließlich musste sie hier nicht das Geschimpfe ihres Vaters anhören. Dennoch wünschte sie sich, sie wäre nicht alleine hier, sondern mit Amir, der ihr gegenübersaß und mit ihr ein sorgloses Gespräch führte.

Als sie am Abend wieder nach Hause kam, wurde der Impuls den Computer aufzudrehen zu stark. So gab sie ihm schließlich nach und sah erleichtert, dass Amir erst vor kurzer Zeit einen neuen Beitrag gepostet hatte. Nur wenige Minuten später schickte er ihr auch eine SMS, mit der Nachricht, dass es ihm gut ginge. Kurz darauf schickte er ihr gleich noch eine: „Wie war deine Prüfung, Schatz?" „Es ist alles gut gegangen, Übermorgen habe ich die nächste." „Viel Glück", schrieb ihr Amir. Mehr sagten sie einander nicht. Amir musste wohl immer einen geeigneten Moment abwarten, wenn er unbeobachtet war. Für ihn war alles, was er gegen das Einverständnis seiner Familie tat, ein Risiko.

In der Nacht schlief Lydia kaum. Zwar war sie erleichtert, dass es Amir soweit gut zu gehen schien, doch der Druck während der letzten Monate hatte sie in permanenter Anspannung zurückgelassen. So drehte sie sich viele Stunden lang von einer Seite auf die andere, doch jede Position schien ihr unbequem. Als sie nach ein Uhr noch immer nicht schlafen konnte, stand sie auf. Ihr war schwindelig und ihr ganzer Körper war schweißnass. Sie ging hinunter ins Badezimmer und kramte im Medikamentenschrank, bis sie ein starkes Beruhigungsmittel fand. Erst mit dessen Hilfe gelang es ihr schließlich doch einzuschlafen.

Lydia erwachte am nächsten Morgen völlig übermüdet. Zu Beginn war ihre Wahrnehmung ein einziges Durcheinander aus Sinneseindrücken. Sie war vollkommen desorientiert. Erst allmählich begann sie klarer zu denken. All die Probleme kamen ihr wieder in den Sinn. Wieder war da diese Anspannung. So stand Lydia auf, denn sie konnte nicht mehr länger liegenbleiben. Nachdem sie sich angezogen hatte, ging sie spazieren. Es war ein eiskalter und windiger Tag. Lydia hatte in den letzten Monaten merklich abgenommen und fühlte sich kraftlos. Sie fror deutlich mehr als sonst. Doch davon ließ sie sich nicht abhalten, denn sie musste einfach in Bewegung sein. Erst kurz vor Mittag kam sie zurück. Ihr ganzer Körper zitterte. Sie ging in ihr Zimmer, bis sie zum Essen gerufen wurde. Lydia sprach kaum ein Wort. Gleich nach dem Essen ging sie wieder in ihr Zimmer und versuchte für ihre Prüfung zu lernen.

Am Nachmittag eskalierte der Konflikt mit ihrem Vater erneut. Er hatte wohl gemerkt, dass sie sich immer mehr in sich zurückzog und immer schlechter aussah und dachte es hätte etwas mit Amir zu tun. Nun sah er sich erst recht bestätigt, dass dieser „Moslem" seiner Tochter schadete. „Sieh dich mal an. Ich weiß nicht, was er mit dir gemacht hat, aber es ist offensichtlich, dass er nicht gut für dich ist!"

„Amir ist nicht schuld daran, Papa!", rief Lydia. Sie hatte keine Kraft mehr, mit ihrem Vater zu streiten.

„Natürlich liegt es an ihm. Ich merke doch, wie du dich verändert hast, seit du mit ihm zusammen bist. Und jetzt geht es dir schlecht, wegen ihm. Was tut er mit dir?"

„Amir ist nicht das Problem, verdammt!", rief Lydia „Das Problem ist, dass seine Familie mich nicht akzeptiert und du ihn nicht akzeptierst!"

„Warum sollte ich so was auch akzeptieren? Sieht man doch, was da los ist! Du sagst es ja selber! Seine Familie akzeptiert dich nicht, warum? Weil du nicht zu ihrer rückständigen Kultur gehörst?"

„Weil ich eine Ungläubige bin, deswegen!"

„Ha!", rief ihr Vater „Ich habe es gewusst! Diese Leute sind zurückgebliebene Affen, die in einer modernen Gesellschaft nichts zu suchen haben. Und ausgerechnet meine Tochter fängt sich etwas mit so einem an!"

Lydia verdrehte die Augen. „Ernsthaft! Wäre Amir mit mir zusammen, wenn er so denken würde wie seine Familie?"

„Verstehst du nicht, dass er dich ausnutzt! Jemand, der aus so einer rückständige Kultur kommt, kann dich unmöglich als gleichwertig sehen!", rief ihr Vater.

„Doch, das kann er!", erwiderte Lydia „Er glaubt nicht an diese ganze Scheiße und hat fast nur österreichische Freunde!"

„Ach ja, das erzählt er dir! Aber denk dran, einem Moslem kann man nicht vertrauen! Wer sagt, dass er nicht einfach Taqiya betreibt?"

„Er ist kein Moslem, verdammt noch mal!", schrie Lydia. „Er hat einen anonymen Twitteraccount, mit dem er ständig den Islam kritisiert! Er leidet selbst unter dieser Religion!"

„Ach was! Der will doch nur erreichen, dass Leute wie du ihm glauben!", wandte ihr Vater ein. „Du bist auch noch so dumm und fällst ausgerechnet auf so einen rein!"

Lydia schüttelte den Kopf. „Hör dir mal selbst zu, was für einen Schwachsinn du redest!"

„Jetzt werd mal nicht frech!", rief ihr Vater aus.

„Nein, du hör auf, Papa!", mischte sich Daniel ein. „Du kennst Amir doch gar nicht! Wie willst du dann über ihn urteilen!"

„Pah!", rief ihr Vater „Ich muss ihn gar nicht kennen! Die sind doch alle so! Und Lydia gibt sich mit solchen Leuten ab! Das hat alles nur ihr linkes Studium gemacht! Wieso muss sie überhaupt studieren und dabei auf unsere Kosten leben! Die heutige Jugend versteht einfach den Wert der Arbeit nicht mehr. Und das verstärkt dieses ganze Gutmenschendenken, das sie da auf der Uni mitbekommt nur noch!"

„Hör auf, Papa! Nur weil du nicht studiert hast, heißt das nicht, dass es grundsätzlich schlecht ist. Es muss nicht jeder exakt deinen Lebensstil haben!", rief Lydia.

„Ach ja!", entgegnete ihr Vater „Das Studium ist reine Zeitverschwendung! Du leistest nichts und lebst trotzdem weiter in meinem Haus und zeigst dich dabei noch nicht einmal dankbar!"

„Natürlich leistet sie etwas!", erwiderte Daniel „Du brauchst nicht ständig alles, was dich nicht interessiert abwerten. Sie arbeitet sicher genauso viel wie du!"

„Ja, aber einen kompletten Schwachsinn macht sie, der eh niemandem etwas bringt! Sie lernt dort nur, traditionelle Werte zu verachten und sich für die geistige Elite zu halten. Das wird ihr im späteren Leben nichts bringen! Wieso kann sie nicht so wie du gleich in meiner Firma zu arbeiten anfangen!?!"

„Hör zu, Papa!", rief Lydia „Ich habe nicht vor, jemals in deiner Firma zu arbeiten. Ich habe einfach andere Vorstellungen von meinem Leben, als du! Ich habe meinen Weg gewählt und lasse mir von dir nicht sagen, was ich tun soll."

„Gut!", rief ihr Vater „Du kannst machen, was du willst! Von mir aus werde eine von vier Frauen von so einem Kameltreiber, aber dann sieh selbst, wie du klarkommst!"

Lydia atmete schwer. „Ich werde seine einzige Frau werden, aber vorher mache ich mein Studium fertig, egal, was du davon hältst. Du kannst mich unterstützen oder nicht, das ist mir egal, aber lass mich einfach in Ruhe mit deinem ganzen Geraunze und deinen unhaltbaren Behauptungen!" Mit diesen Worten rannte Lydia in ihr Zimmer. Wie schon so oft hatte sie das Gefühl, als würde ihre Welt um sie herum zusammenbrechen. Sie ließ sich auf ihr Bett fallen und weinte. Lydia atmete so schnell und unregelmäßig, dass ihr schwindelig wurde. Sie fand keinen Halt mehr. So sehr sie auch an all ihren Träumen festhalten wollte, so wollte ein immer größerer Teil von ihr alles einfach aufgeben und den Weg gehen, den ihr Vater für sie vorgesehen hatte. Doch Lydia wusste, dass sie so nie glücklich werden würde und, dass sie es ihrem Vater nie verzeihen könnte. Sie musste weiterkämpfen. Es war schließlich weniger als ein Jahr, bis zum Ende ihres Studiums. Das könnte sie noch durchstehen, sagte sie sich. Für Amir wären es noch ein paar Monate, bis er frei wäre. Lydia zwang sich, das im Auge zu behalten. Doch tief in ihrem Inneren wusste sie, dass sie nicht mehr die Kraft hätte, noch weiterzukämpfen. Sie hatte schließlich morgen Prüfung und war die letzten zwei Tage überhaupt nicht in der Lage gewesen, sich damit zu beschäftigen. Lydia schloss die Augen und atmete mehrmals tief durch. Sie musste ihren Weg weitergehen, weil es der einzige Weg war, der für sie in Frage kam.

Am nächsten Tag ging sie zur Prüfung, doch in Gedanken war sie bei ihrem Vater und Amir. Sie las die Fragen auf dem Prüfungsbogen, schrieb hin, was ihr einfiel, doch ihr Wissen hatte große Lücken. Als sie am Ende ihre Unterlagen abgab, hoffte sie, dass sie mit etwas Glück bestanden hatte.

Die nächste Prüfung am darauffolgenden Tag verlief ähnlich. Lydia versuchte die Fragen so gut wie möglich zu beantworten, doch in Gedanken war sie ganz woanders. Als sie das Unigebäude verließ, war sie zu erschöpft, um sich noch wegen ihrer Prüfungsergebnisse Sorgen zu machen. Alles, was sie in dem Moment wollte, war, dass alles ein Ende hatte.

Auf ihrem Weg zur U-Bahnstation traf sie Hannah. „Hallo, wie war die Prüfung?", fragte sie.

„Ich kann es nicht sagen. Vielleicht geht es sich aus... wie wars bei dir?", meinte Lydia.

„Gut, bei mir auch so lala, aber ich fange einfach immer zu spät zu lernen an. Aber du kriegst eigentlich fast nur Einser und Zweier. Was ist los?"

„Ich war nicht bei der Sache", entgegnete Lydia.

„Ist es wegen deinem Vater oder deinem Freund?", wollte Hannah wissen.

„Ja, beides... ich habe Amir schon länger nicht gesehen und weiß nicht wirklich, wie es ihm geht. Und mein Vater macht auch wieder Stress. Er will nicht, dass ich weiter studiere."

„Was...? Aber er kann dich nicht zwingen, aufzuhören, oder?"

„Naja, da ich volljährig bin, kann er mir theoretisch nichts mehr vorschreiben. Aber ich habe kein eigenes Einkommen und bis ich einen Job und eine Wohnung hätte, würde es einige Zeit dauern. Außerdem weiß ich nicht, ob ich das hinkriegen würde, neben einem Job noch für meine Bachelorarbeit zu recherchieren und sie zu schreiben."

Hannah überlegte kurz. „Für deinen Vater ist Studieren keine Arbeit, oder?"

„Nein. Er denkt, da ich kein Geld dafür bekomme, ist es keine Leistung. Für ihn tue ich das alles rein zu meinem privaten Vergnügen."

„Wie wäre es, wenn du in den Ferien oder zwischendurch wenn du Zeit hast etwas tun würdest, worin er einen Wert erkennt, zum Beispiel im Haushalt helfen? Dann könnte sich die Stimmung zu Hause vielleicht verbessern."

Lydia dachte eine Weile nach. Vielleicht hatte Hannah Recht. Vielleicht konnte sie ihren Vater beschwichtigen, indem sie etwas tat, dessen Wert er erkannte. Wenn sie ihrer Mutter einen großen

Teil der Arbeit im Haus abnehmen würde, würde ihr Vater vielleicht nicht länger glauben, dass sie sich nur auf seine Kosten ein schönes Leben machen wollte.

So versuchte Lydia so viel Hausarbeit wie möglich zu übernehmen. Wenn sie allein zu Hause war, weil ihre Eltern und ihr Bruder in der Firma arbeiteten, sorgte sie dafür, dass das ganze Haus perfekt aufgeräumt war, wenn sie nach Hause kamen. Nach dem Essen erledigte sie unaufgefordert den Abwasch, wenn ihre Mutter keine Zeit hatte, ging sie für sie einkaufen. Die Ferien waren die perfekte Zeit, um zu zeigen, dass sie bereit war zu arbeiten. Sie musste zwar immer noch viel lernen, da sie im März noch drei Prüfungen hatte. Doch sie brachte die Zeit auf, bei der Hausarbeit mitzuhelfen. Ihrer Mutter fiel das sofort positiv auf. Ihr Vater, der sich nie um den Haushalt gekümmert hatte, brauchte hingegen einige Zeit, um es zu bemerken. Die Stimmung zu Hause entspannte sich ein wenig. Ihr Vater meckerte nicht mehr ganz so viel, da er das, was sie nun tat, anzuerkennen schien. Als Lydia ihrer Mutter im Geheimen anvertraute, warum sie all das tat, meinte diese nur: „Das habe ich mir schon gedacht."

Die darauffolgenden Tage wurden für Lydia vergleichsweise angenehm. Sie konnte sich nun wieder in ihrem Zuhause aufhalten, ohne ständig mit Vorwürfen konfrontiert zu werden. Das Verhältnis zu ihrem Vater wurde sichtlich entspannter, da er nun nicht mehr glaubte, dass sie nur auf seine Kosten leben wollte. Zwar ging sie ihm weitestgehend aus dem Weg, doch gelegentlich konnten sie sogar wieder normal miteinander reden und zusammen lachen, wie sie es früher oft getan hatten. Lydia fühlte sich nun nicht mehr ganz so fehl am Platz in ihrem Elternhaus, auch wenn sie immer noch wichtige Teile ihres Lebens nicht mit ihrem Vater teilen konnte.

Lydia vermied es Amir zu Hause zu erwähnen, obwohl sie sich weiterhin ununterbrochen um ihn sorgte. Dies war auch vollkommen berechtigt, wie sie bald erfuhr. In der zweiten Ferienwoche rief sie Amir an. „Lydia...", stammelte er.

„Amir.... Amir, ist alles in Ordnung?"

Er klang sehr angespannt. „Lydia, wenn es irgendwie geht, komm bitte zu Herrn Ylmatz nach Hause?"

„Ist okay... jetzt gleich?", wollte Lydia wissen.

„Ja... und Lydia.... Komm nicht alleine."

„Was? Aber wieso?", fragte Lydia. Plötzlich schnürte sich ihre Kehle zu. Sie wusste, dass etwas Schlimmes passiert war.

„Lydia.... Meine Eltern haben es herausgefunden." Amirs Stimme zitterte.

„Was, du meinst doch nicht...." Ein kalter Schauer lief Lydia den Rücken hinunter.

„Ja", stammelte Amir „Ich weiß nicht, wie, aber meine Eltern und Geschwister haben erfahren, dass ich Atheist bin und öffentlich den Islam angreife."

„Amir... was ist passiert?"

„Ich weiß es nicht genau.... Ich bin von zu Hause geflohen und bin jetzt erstmals bei der Familie Ylmatz. Mein Bruder Omar, hat gesagt, dass ich den Tod verdiene und er und Tarek schicken mir ständig Morddrohungen."

Lydia erschauerte. Seine eigenen Brüder wünschten ihm den Tod, weil er ihre Religion kritisiert hatte. Es überstieg Lydias Vorstellungsvermögen, dass der Glaube an eine Ideologie einen Menschen so weit bringen konnte, seinen eigenen Bruder tot sehen zu wollen, wenn er sich von dieser abwandte.

„OK, ich komme, sobald ich kann." Lydia bat Daniel sie zum Haus der Familie Ylmatz zu begleiten. In der Aufregung dachte sie nicht daran, darauf zu achten, dass ihr Vater sie nicht hörte. Dieser schrie sofort los: „Was?!? Lydia, du willst doch nicht ernsthaft zu diesen Islamisten gehen? Du bringst dich nur in Probleme! Ich habe doch gesagt, dieser Kanake ist nicht gut für dich."

„Lass mich! Du bist nicht gut für mich, Papa!", rief Lydia und eilte nach draußen.

„Hey, rede nicht in diesem Ton mit mir, junge Dame! Du gehst nicht zu diesem Typen mit seinen Islamistenbrüdern!"

Lydia hörte ihrem Vater gar nicht mehr zu. „Hey, Lydia! Daniel! Kommt sofort wieder her!", schrie er noch, als Lydia das Haus verließ und die Tür zuknallte. Sie und Daniel gingen die Straße hinunter zur nächsten U-Bahnstation. „Seine Eltern haben es herausgefunden, oder?", fragte Daniel schließlich, nach einer längeren Zeit des Schweigens.

„Ja, irgendwie müssen sie seinen Account auf Twitter gefunden und mit ihm in Verbindung gebracht haben, oder jemand hat ein Gespräch belauscht. Amir war sehr vorsichtig, aber seine Brüder haben ihn ja gar nicht mehr aus den Augen gelassen. Ich glaube, sie hatten schon länger den Verdacht, dass er im Geheimen etwas tut, was sie nie akzeptieren würden."

„Was wollt ihr beide jetzt weiter tun?", wollte Daniel wissen.

„Ich weiß es nicht", seufzte Lydia „Erstmals müssen wir sehen, wie sich das Ganze entwickelt. Ich glaube nicht, dass sich die Situation mit seiner Familie wieder entspannen wird. Die nehmen den Glauben richtig ernst!"

„Und was wirst du jetzt weiter machen?", wollte Daniel wissen.

„Ich werde Amir unterstützen, so gut ich kann", antwortete Lydia.

Nachdem sie aus der U-Bahn ausgestiegen waren, gingen sie den restlichen Weg zu Fuß. Bald waren sie in der Straße, in der sich das Haus befand. Lydia fiel Amirs Warnung wieder ein. Waren seine Brüder hier? Sie begann sich nervös umzusehen. Ein arabisch aussehender Mann ging gerade über die Straße und kam auf sie zu. Lydia erstarrte. Doch er ging an ihr vorbei, ohne sie weiter zu beachten. Amirs Brüder waren nicht hier, sagte sie sich. Amir hatte bloß kein Risiko eingehen wollen. Sie sagte sich das immer wieder, bis sie schließlich vor Herrn Ylmatz Haustür stand.

Lydia klingelte. Erst geschah lange nichts. Dann öffnete Samar die Tür. „Ah, Lydia. Amir ist in der Küche", sagte sie. Sie bat Lydia und Daniel herein. Lydia eilte sofort, ohne irgendjemanden zu begrüßen, in die Küche, während Daniel im Vorraum stehen blieb. Sie erstarrte, als sie Amir sah. Er hatte ein stark angeschwollenes blaues Auge und seine Unterlippe war aufgerissen und blutig. Sein Gesicht war so blass, dass es Lydia Angst einjagte und sein Blick war starr und leer.

„Amir!", rief Lydia aus „Was ist passiert?" Doch sie wusste es bereits.

„Mein Vater….", sagte Amir knapp „Ich weiß nicht, wie er es herausgefunden hat, aber er ist vollkommen ausgerastet. Er und meine Brüder sind auf mich losgegangen und haben mich aus dem Haus geschleift und gesagt, ich soll nie wieder zurückkommen. Meine Mutter hat die ganze Zeit geweint, sie könne nicht glauben, dass ihr Sohn ein Kafir ist."

„Kafir?", fragte Daniel.

„Das ist ein Ungläubiger; ein Gottesleugner, für sie", erklärte Amir.

Lydia schluckte. Sie hatte etwas Derartiges geahnt. „Was machst du jetzt?", fragte sie.

„Ich weiß es nicht", sagte Amir „Zu meiner Familie zurück kann ich auf jeden Fall nicht mehr."

Lydia ging langsam auf ihn zu und nahm seine Hand. „Wir schaffen das", sagte sie „Alles, was wir uns für die Zukunft vorgenommen haben."

Amir nickte. Sie wusste nicht, ob er noch wirklich daran glaubte, dass sein Leben je so sein würde, wie er es sich immer vorgestellt hatte. „Ich muss mich auf jeden Fall von meiner Familie fernhalten", sagte er.

„Bedrohen sie dich noch?", fragte Lydia.

„Ja", sagte er „Ich bekomme ständig Morddrohungen von meinen Brüdern und meinem Cousin."

„Glaubst du, dass es ernst gemeinte Drohungen sind?", fragte Lydia. Der Gedanke allein ließ sie erzittern.

„Ehrlich, ich weiß es nicht. Bevor ich mich vom Glauben abgewandt habe, hatte ich immer ein gutes Verhältnis zu meiner ganzen Familie. Aber ich weiß von Fällen, in denen Menschen von ihrer eigenen Familie umgebracht oder schwer verletzt wurden. Ich weiß von Frauen, denen der eigene Vater oder Bruder Säure ins Gesicht geschüttet hat, weil sie zu freizügig angezogen waren, oder mit einem fremden Mann geredet haben. Verstehst du, nur wegen solcher Kleinigkeiten… und ich habe mich vom Glauben abgewandt. Für manche ist das ein schlimmeres Verbrechen als Mord."

Lydia zitterte bei dem Gedanken. „Wirst du die Polizei verständigen?", fragte sie. Sie wusste, dass es niemals einfach war, seine eigene Familie anzuzeigen.

„Keine Ahnung", meinte Amir „Ich hoffe, dass sie sich wieder beruhigen und einfach beschließen, dass ich für sie gestorben bin. Ich weiß, dass das das Beste ist, was realistisch betrachtet passieren kann. Aber der Koran selbst ruft dazu auf, Ungläubige umzubringen. Und sie nehmen das alles ziemlich ernst. Sie sind nicht so, wie Herr Ylmatz, Osim oder Samar, die halt beten und fasten und so, sondern sie nehmen das Ganze wirklich wörtlich. Für sie bin ich ein Abtrünniger, der den Tod verdient."

Lydia atmete schwer. Sie versuchte ihre Gedanken zu ordnen, während sie langsam zu begreifen begann, was das alles bedeutete. Amirs Leben war in Gefahr und vielleicht nicht nur seines.

Auch Amir war sich dessen bewusst. „Hör zu, Lydia. Wenn du gehen willst, werfe ich dir nichts vor. Ich kann nicht erwarten, dass du unter diesen Umständen noch mit mir zusammen sein willst."

„Nein!", rief Lydia „Wir haben letztens schon darüber gesprochen. Ich stecke jetzt schon in alledem mit drinnen. Denkst du, wenn einem von uns etwas passiert, macht es das einfacher für mich, wenn ich dich vorher im Stich gelassen habe?"

Amir sah, dass sie Recht hatte. Egal, was sie jetzt tat, sie steckte bereits mit drinnen. Sie musste auf jeden Fall vorsichtig sein, bis sie wusste, wie die Situation sich entwickeln würde.

Daniel räusperte sich laut. Er war die ganze Zeit etwas abseits gestanden und hatte ihr Gespräch schweigend mitangehört. „Ich sollte jetzt nach Hause. Ich werde versuchen, den Papa soweit zu beruhigen, dass es kein riesen Geschrei gibt, wenn du kommst. Ruf mich an, wenn ich dich abholen soll."

Lydia nickte. „Danke", murmelte sie.

„Was machen wir jetzt, ich meine konkret?", wollte Samar wissen.

„Ich habe bereits mit eurer Mutter darüber gesprochen", meinte Herr Ylmatz „Wir haben uns darauf geeinigt, dass Amir fürs Erste hierbleiben kann. Aber wir sollten so schnell wie möglich eine andere Lösung finden. Denn, auch wenn ich nicht ernsthaft glaube, dass seine Brüder versuchen werden, ihm etwas anzutun, würden sie hier als erstes nach ihm suchen."

„Und Lydia?", fragte Samar.

„Am besten wäre es, wenn sie so weitermacht, wie bisher und sich nichts anmerken lässt", meinte Osim.

Plötzlich lachte Amir. Es war ein bitteres, freudloses Lachen. „Echt jetzt? Mein Bruder schreibt mir doch allen Ernstes `Ich fick deine Mutter, du Hurensohn'."

Lydia schluckte schwer. „Amir… sei bitte vorsichtig, was immer du tust. Ich habe Angst, dass sie dir etwas tun."

„Ich verspreche dir, ich werde in nächster Zeit kein Risiko eingehen, bis ich nicht sicher bin, dass mir keine Gefahr durch meine Brüder droht. Wenn ich darüber nachdenke, glaube ich nicht, dass sie mich so bald in Ruhe lassen werden. Laut Koran verdiene ich den Tod, weil ich nicht mehr an die Religion glaube. Und ich habe sie auch noch aktiv angegriffen. Ich weiß nicht, ob sie das auf sich beruhen lassen werden."

„Was können wir jetzt tun?", fragte Lydia mit zitternder Stimme.

„Ich glaube, erstmals können wir nur abwarten, was passiert", meinte er.

Lydia blieb noch bis zum Abend bei Amir und versuchte ihn abzulenken. Sie wusste, dass ihm nicht nur die Angst zu schaffen machte, sondern er auch gerade seine Familie verloren hatte. Das Verhältnis mochte schon länger angespannt gewesen sein, doch es war immer noch seine Familie. Sie gab sich Mühe ihn wieder an ihre gemeinsamen Träume und ihre Hoffnung auf eine bessere Zukunft zu erinnern, doch er schien es gar nicht richtig mitzubekommen.

Am Abend rief sie Daniel an, damit er sie abholte. „Wie war es?", fragte er.

Lydia zuckte mit den Schultern. „Ziemlich scheiße alles."

„Das dachte ich mir", seufzte Daniel „Denkst du, dass Amirs Brüder auch dir gefährlich werden können?"

„Nein, ich glaube nicht, dass sie mir wirklich etwas tun wollen. Und wenn, würden sie es wahrscheinlich nicht in der Öffentlichkeit tun. Aber Amir hatte Angst, dass der Zorn seiner Familie vielleicht nicht nur ihm gilt. Immerhin geben sie zum Teil auch mir die Schuld für seinen Abfall vom Glauben. Ich werde nach den Ferien auf jeden Fall ganz normal zur Uni gehen. Aber im Moment ist die Stimmung so aufgeheizt und es könnte sein, dass sie auch auf mich wütend sind und in der Nähe von Herrn Ylmatz' Haus vermuten sie mich vielleicht."

Kurz schwiegen sie beide. Es tat Lydia leid, dass sich Daniel ihretwegen Sorgen machte. Nach einer Zeit fragte sie: „Was ist mit Papa?" Nach allem, was geschehen war, erschien es ihr geradezu surreal, dass sie sich über die Reaktion ihres Vaters überhaupt noch Gedanken machte.

„Er war völlig außer sich. Er hat gesagt, du sollst diesen Typen sofort verlassen, dass ihm von Anfang an klar war, dass so jemand nur Probleme bringen kann..."

Lydia seufzte. Es war ihr klar gewesen und doch hatte ein naiver, kleiner Teil von ihr gehofft, dass ihr Vater, wenn schon nicht Verständnis, doch wenigstens Mitgefühl zeigen würde.

Die beiden kamen zu Hause an. Sie waren kaum im Haus, da begann ihr Vater bereits zu schreien: „Lydia, verdammt! Was hast du dir nur gedacht, dich auf so einen Typen einzulassen? Ich habe es dir die ganze Zeit gesagt, dass man sich von solchen Leuten fernhalten soll!"

„Er hat gar nichts damit zu tun! Seine Familie hat ihn verstoßen, weil er nicht mehr an ihre Religion glaubt!", rief Lydia. Ihre
Stimme war viel lauter und aufgebrachter als sonst, doch sie
konnte und wollte sich nicht länger zurückhalten.

„Es ist mir scheißegal! Es geht hier nicht mehr um ihn. Diese
ganze Kultur ist rückständig! Wie hast du denken können, dass
man mit so jemandem zusammen sein kann, ohne dass es Probleme gibt? Du bist so unverantwortlich! Und jetzt bringst du dich
auch noch in Gefahr, wegen ihm! Ich hätte dich überhaupt nie studieren lassen dürfen! Man sieht ja, wie weltfremd dich das gemacht hat!"

„Mein Studium hat damit nichts zu tun!", schrie Lydia „Kannst
du endlich mit deinen wahllosen Anschuldigungen aufhören! Ich
bin mit Amir zusammen und nicht mit seiner Familie! Amir ist
nicht rückständig und die muslimische Familie, die ihn jetzt aufgenommen hat, ist es auch nicht! Du bist rückständig, weil du
nicht aus deinem Schubladendenken rauskommst! Du schimpfst
ständig auf alle hin, auf Ausländer, auf Muslime, auf Linke, die
angeblich unsere Zivilisation gefährden, dabei sind es Menschen
wie du, die das tun!" Lydia hätte nie gedacht, dass sie all das tatsächlich zu ihrem Vater sagen würde, doch es machte nun keinen
Unterschied mehr.

„Was fällt dir ein! Jetzt fängst du auch noch an, wie die ganzen
Gutmenschen! Ihr seht einfach in allen, die berechtigte Sorgen wegen dieser Mittelalterkultur äußern, Nazis!"

„Nein, es geht nicht darum, dass du berechtigte Sorgen wegen
anderer Kulturen äußerst, sondern, dass du nicht in der Lage bist,
Menschen als Individuen zu sehen. Außerdem weigerst du dich,
zu akzeptieren, dass ich mein eigenes Leben habe und es dich
nichts angeht, mit wem ich zusammen bin!", rief Lydia.

„Natürlich geht es mich etwas an! Ich bin immer noch dein Vater und ich werde nicht zulassen, dass er dich weiter in Gefahr bringt! Du wirst dich auf keinen Fall mehr mit ihm treffen, klar!"

„Doch werde ich!", rief Lydia „Ich werde Amir nach allem, was er durchgemacht hat jetzt auf keinen Fall im Stich lassen!" Mit diesen Worten stürmte sie in ihr Zimmer. Ihr Körper zitterte. Ihr Inneres fühlte sich leer an. In diesem Moment fühlte sie keine Wut und keinen Schmerz mehr. Da war einfach nichts. Sie hatte keine Kraft mehr, etwas zu empfinden. Alles, was sie in diesem Moment noch wollte, war, alledem zu entkommen.

In den nächsten Tagen ging es Lydia sehr schlecht. Sie ging ihrem Vater nur noch aus dem Weg. Sie konnte ihm nicht mehr unter die Augen treten. Lydia wusste, dass er in einem Punkt Recht gehabt hatte; nicht, was Amir anging und nicht was seine allgemeine Weltanschauung betraf, doch Amirs Familie entsprach genau dem, wovor er sie immer gewarnt hatte. Würde er nicht so viele Menschen pauschal verurteilen, so könnte sie Verständnis und sogar Dankbarkeit empfinden. Doch wenn sie daran dachte, wie er Amir von vornherein abgelehnt hatte, ohne je mit ihm gesprochen zu haben, und wie viele anderen Menschen er grundlos hasste, spürte sie nur Wut und Schmerz. Dennoch ließ sie die Frage nicht los, wie gefährlich ihre Situation tatsächlich war. Hatte sie ohne es zu wollen Daniel in das ganze mitreingezogen, indem sie ihn gebeten hatte, sie zu begleiten? War es vielleicht besser, sie verließ ihre Familie, um ihnen nicht noch mehr Probleme zu bereiten. Lydia versuchte, alle Gedanken daran zu verdrängen, doch sie kamen in jeder ruhigen Minute, in der sie alleine mit ihrer ganzen Last war.

In dieser Zeit waren die nun wieder häufigeren Telefonate mit Amir alles, was sie am Leben hielt. Meist erzählte er nicht viel. Er war immer noch sehr beschäftigt mit dem Zivildienst. „Es ist eigentlich gut", sagte er "So komme ich nicht viel zum Nachdenken." Lydia verstand sofort, was er meinte. Jeder Moment, in dem er nicht auf die Trümmer seines bisherigen Lebens blicken musste, war ihm nun recht. Sie besuchte ihn in den nächsten Tagen auch wieder öfter. Jedes Mal, wenn sie nach Hause kam, fragte sie ihr Vater misstrauisch, wo sie gewesen wäre. Darauf antwortete sie nur immer wieder, dass es ihn nichts anginge. Meist begann ihr Vater dann wutentbrannt zu schreien.

Schließlich hatte sie eine Diskussion mit ihrer Mutter, die sie, wenn sie auch freundlicher war, doch genauso aufwühlte.

"Lydia…. Ich habe in letzter Zeit viel über deine Beziehung mit Amir nachgedacht", begann ihre Mutter. Es fiel ihr sichtlich schwer, die Worte auszusprechen. "Also, er scheint ja komplett in Ordnung zu sein, aber… naja, seine Familie ist halt schon ein echtes Problem und… ich will nicht, dass du da in irgendetwas mit reingezogen wirst. Vielleicht wäre es wirklich besser, ihn nicht mehr zu sehen."

"Nein!", rief Lydia "Ich halte zu Amir. Wenn Papa von irgendwelchen Typen bedroht würde, dann würdest du dich doch auch nicht von ihm trennen!"

Ihre Mutter schien überrascht. "Äh… nein, aber… ich kenne Viktor jetzt seit fast 25 Jahren, wir sind 22 Jahre verheiratet und haben zwei Kinder zusammen großgezogen. Du kennst Amir gerade einmal eineinhalb Jahre. Das ist schon ein Unterschied. Vielleicht würdet ihr euch in zwei Jahren sowieso trennen…."

"Nein, würden wir nicht!", rief Lydia "Es macht keinen Unterschied, ob man ein Jahr oder zwanzig Jahre zusammen ist! Wenn man es ernst meint, hält man zusammen, auch wenn es Probleme gibt. Außerdem, würde es keinen Unterschied mehr machen, wenn ich mich von ihm trenne. Falls seine Familie mir etwas antun will, stecke ich bereits mit drinnen!"

Ihre Mutter wusste, dass Lydia Recht hatte. Wenn seine Familie es tatsächlich auch auf sie abgesehen hätte, wäre es wahrscheinlich bereits zu spät. Sie wollte noch etwas sagen, tat es dann jedoch nicht, denn es war alles gesagt worden. Ihr war klar, dass sie Lydia nicht umstimmen konnte. Wieder schmerzte es Lydia, dass sich ihre Mutter und Daniel, die sie so oft verteidigt hatten, nun solche Sorgen ihretwegen machten.

Die letzte Entscheidung

„Hör sofort auf, schlecht über den Islam zu reden, oder ich fick deine kleine Freundin, du Hurensohn."

Lydia starrte auf den Bildschirm. Amir hatte diese E-Mail seines Bruders an sie weitergeleitet. Sie las die Zeile wieder und wieder, zehnmal, hundertmal, tausendmal. Ihr Körper zitterte. Bis jetzt hatte sie sich einreden können, dass ihr keine Gefahr drohte. Doch wie es aussah, hatte seine Familie in ihrer Wut auch sie zur Zielscheibe ihres Hasses gemacht. Lydia war klar, dass sie als Ungläubige in den Augen von Amirs Brüdern wertlos war. Sie würden ihr gegenüber wohl keine Hemmungen haben. Sie sagte sich immer wieder, dass ihr, solange sie sich an einem öffentlichen Ort aufhielt niemand etwas tun würde. Dennoch wusste sie, dass auch bereits Menschen an öffentlichen Orten Opfer von Gewalt geworden waren. Doch sie schaffte es, dieses Wissen zu verdrängen und sich davon zu überzeugen, dass Amirs Brüder das österreichische Recht hinreichend fürchteten, um ihr nichts anzutun. Dennoch beunruhigte sie die Tatsache, dass diese Leute sie benutzten, um Amir einzuschüchtern.

Lydia schloss die Augen und atmete mehrfach tief durch. Sie musste sich konzentrieren, musste sich ihre Situation vor Augen führen. Wahrscheinlich drohte ihr keine Gefahr. Amirs Bruder wollte ihm nur Angst machen und richtete seine Drohungen nun auch gegen sie. Doch was hatte ihn nun mehrere Tage nachdem er die Wahrheit über Amir erfahren hatte dazu veranlasst? Mit zittrigen Fingern suchte sie Amir auf Twitter, in der Hoffnung, dort mehr zu erfahren. Doch sie konnte sein Profil nicht aufrufen. Auch von seinen Tweets, die sie geteilt hatte, war keine Spur. Er hatte seinen Account gelöscht. Lydia schloss die Augen. Wie es schien waren die Einschüchterungsversuche erfolgreich. Sein Bruder hatte es schließlich geschafft, Amir zum Schweigen zu bringen. Plötzlich schossen Lydia Tränen in die Augen. Er hatte die Religion, die ihm sein Leben lang aufgezwungen worden war, aus tiefer Überzeugung heraus kritisiert. Es war ihm immer wichtig gewesen, seine Meinungen offen äußern zu können. Aber nun hatten seine Brüder ihm diese Möglichkeit genommen. Selbst nachdem er sich von seiner Religion abgewandt hatte, bestimmte sie weiterhin über sein Leben. Auch, als er vor seiner Familie geflohen war, war er nicht frei. Lydia ballte die Fäuste. Sie begann vor Wut zu beben. Sie ertrug den Gedanken nicht, dass Amir immer noch von einer Religion kontrolliert wurde, von der er sich längst losgesagt hatte. Er hatte immer nur frei sein wollen, doch er war nach wie vor in den Fängen einer Religion, an die er längst nicht mehr glaubte.

Lydia wählte seine Nummer. Nach nur wenigen Sekunden hob er ab. „Lydia", stammelte er „Lydia, geht es dir gut?"

„Ja, mir geht es gut… ist bei dir alles in Ordnung?"

„Ja…. Mir geht es auch gut", sie konnte an seiner Stimme hören, dass er weinte „Lydia, es tut mir so leid, ich wollte nie, dass du da mitreingezogen wirst." Er konnte nicht mehr weitersprechen. Keiner von ihnen hatte je erwartet, dass es so weit kommen würde.

„Du kannst nichts dafür", sagte Lydia. Erneut spürte sie die Wut in sich hochkommen. Amir hatte es verdient, in Freiheit zu leben, in jeder Hinsicht: sein Leben so zu gestalten, wie er es wollte, zusammen zu sein, mit wem er wollte und sagen zu können, was er dachte, weil all das für jeden Menschen selbstverständlich sein sollte.

„Nein", murmelte Amir „Aber ich hätte es kommen sehen müssen."

„Du bist noch im Dienst, oder?", wollte Lydia wissen.

„Ja, heute bis spät am Abend."

„Wann können wir uns sehen?", fragte Lydia.

„Am Samstag auf jeden Fall. Lydia… bitte schreib mir jeden Abend, ob es dir gut geht."

Lydia nickte. „Ok", sagte sie.

Dann ließ sie sich in ihrem Sessel zurücksinken. „Wir sehen uns dann am Samstag", murmelte sie.

„Pass auf dich auf", stammelte Amir.

Lydia blieb noch lange, nachdem er aufgelegt hatte, in ihrem Sessel sitzen. Sie versuchte sich zu beruhigen. Erneut wollte sie daran glauben, dass es nur leere Drohungen waren. Tief in ihrem Inneren wusste sie jedoch, dass sie und Amir nicht sicher waren. Amirs Brüder könnten ihnen sehr wohl etwas antun, so sie wirklich wollten. Die Frage war also primär, ob sie wollten, nicht, ob sie konnten. Denn es wäre ganz einfach.

Lydia blickte aus dem Fenster. Die Sonne schien. Vielleicht würde sie bei einem Waldspaziergang auf andere Gedanken kommen. In dieser Hoffnung zog sie sich ihre Jacke an und ging hinaus. Ihre Eltern und ihr Bruder waren alle bei der Arbeit. Niemand konnte sie also fragen, wo sie hinginge, oder mit wem sie sich traf.

Lydia ging die Straße entlang in Richtung U-Bahnstation. Es war erstaunlich warm für die Jahreszeit. Lydia atmete tief ein. Einen Augenblick lang konnte sie sich entspannen. Die Wärme spendete ihr Trost.

Sie stieg in die U-Bahn und war wenig später auch schon am Waldrand. Es kam ihr wie eine Ewigkeit vor, seit sie das letzte Mal im Wald gewesen war. Lydia schloss die Augen und atmete die milde Waldluft ein. Dann begann sie zu laufen. Sie rannte so schnell sie konnte durch den winterlichen Wald. Als ihre Beine müde wurden, ging sie nur noch in einem flotten Tempo. Während sie gelaufen war, hatte sie all ihre Probleme für einen Moment vergessen können. Sie spürte die kühle Luft auf ihrem Gesicht. Einen kurzen Augenblick lang, schien die ganze Last von ihr abzufallen.

Doch plötzlich fühlte sie sich unsicher. Der Zauber von vorhin war verflogen. Die Drohungen von Amirs Bruder fielen ihr wieder ein. Lydia sah sich nervös um. Da war niemand und doch fühlte sie sich beobachtet. Zum ersten Mal fühlte sie sich im Wald nicht sicher. Wenn ihr jemand hierher gefolgt wäre, wäre sie ihm schutzlos ausgeliefert. Niemand würde ihn hindern, niemand würde ihn sehen. Lydia verdrängte den Gedanken, sagte sich, dass sie hier vollkommen allein war. Sie wusste, dass hier niemand außer ihr selber war, doch die irrationale Furcht kam immer wieder zu ihr zurück. Bei fast jedem Schritt sah sie sich um. Dann überwältigte sie die Angst und sie begann zu rennen- so schnell sie konnte, lief sie zurück. Sie blieb erst stehen, als sie den Wald wieder verlassen hatte.

Lydia lehnte sich gegen eine Mauer und atmete schwer. Sie sah sich um. Niemand beachtete sie. Plötzlich kam ihr dieser Panikanfall geradezu lächerlich vor. Es war weit und breit niemand gewesen und doch hatte sie sich verfolgt gefühlt. Das zeigte nur, wie sehr sie die Ereignisse der letzten Zeit fertig gemacht hatten. Lydia wusste nicht, wie lange sie das noch aushalten würde. Wurde sie allmählich verrückt? Sie verdrängte den Gedanken und ging nach Hause.

Am Abend kam es erneut zu einem Streit mit ihrem Vater. Er begann wieder, über Amir und seine rückständige Kultur zu schimpfen und ihr vorzuhalten, sie hätte es von Anfang an wissen müssen, dass es zu Problemen führte, sich mit jemandem aus diesem Kulturkreis einzulassen. Er beschwerte sich über alles: Über Amir, über seine Familie, die Familie, die ihn aufgenommen hatte. Lydia war mit mit dem Konflikt inzwischen so überfordert, dass sie ihn anschrie, er solle einfach die Klappe halten und sie in Ruhe lassen. Am Ende schrien sie beide nur noch und hörten einander nicht mehr zu.

So ging es auch die nächsten Tage weiter. Lydia war nicht mehr dazu in der Lage, sich auf ihr Studium zu konzentrieren. Die Semesterferien näherten sich ihrem Ende und mit ihm auch die noch ausständigen Prüfungen.

Lydia traf sich, so oft es ihr möglich war, mit Hannah. Diese war schockiert, als Lydia ihr erzählte, was in den letzten Tagen geschehen war. Sie wollte wissen, ob Lydia sich Sorgen machte, dass ihr etwas passieren könnte. Erst wollte sie so tun, als würde ihr alles nichts ausmachen, doch dann beschloss sie von ihrer Panikattacke im Wald zu erzählen. „Wenn ich darüber nachdenke, glaube ich eigentlich nicht, dass mir wirklich Gefahr droht, aber mein Gefühl sagt mir oft etwas anderes als mein Verstand."

„Hast du daran gedacht, zur Polizei zu gehen?", wollte Hannah wissen.

„Ich überlasse es Amir, wenn er es für richtig hält. Es ist seine Familie und es war bereits schwer genug für ihn, von ihnen verstoßen zu werden. Ich könnte mir nicht vorstellen, meine eigene Familie anzuzeigen."

„Ich weiß", murmelte Hannah „Er wird es wohl am besten einschätzen können, wann es notwendig wird, die Polizei einzuschalten. Zumindest, wenn du nicht glaubst, dass sie dir wirklich etwas tun werden, sollte er es entscheiden können."

„Naja, mein Panikanfall im Wald war völlig irrational. Ich habe gewusst, dass da niemand ist. Und solange ich an einem öffentlichen Ort bin, können sie mir nicht so leicht etwas tun", meinte

Lydia. Sie wusste im Grunde, dass Amirs Brüder wenn sie ihr tatsächlich etwas tun wollten, auch eine Möglichkeit finden würden. Doch sie sagte es nicht.

„Du hast Recht", sagte Hannah „Amir sollte es entscheiden können. Jedenfalls solange du nicht glaubst, dass sie dir wirklich etwas tun werden…."

Die beiden diskutierten noch lange über die Situation und dachten über Lösungswege nach, kamen jedoch bald zu dem Schluss, dass Lydia kaum etwas tun konnte, als ihr Leben so normal wie möglich zu leben.

Am Wochenende traf sie endlich wieder Amir. Sie besuchte ihn am Nachmittag bei Familie Ylmatz. „Lydia, ist alles in Ordnung…? Haben meine Brüder dich noch weiter bedroht?"

„Nein, mir hat keiner etwas geschickt. Aber hast du noch weitere Nachrichten von ihnen bekommen?"

„Das Übliche", sagte er „Sie schicken mir täglich Hassnachrichten, schreiben, dass ich ein Hurensohn sei und dass ich tot sein sollte. Zumindest haben sie dich nicht wieder erwähnt."

Lydia schluckte. Sie konnte nicht begreifen, wie jemand seinen eigenen Bruder so sehr hassen konnte, nur, weil er nicht mehr an seine Religion glaubte. Was konnte eine Ideologie nur mit einem Menschen anrichten?

„Ich dachte, sie beruhigen sich nach ein paar Tagen wieder", fuhr Amir fort „Aber es ist jetzt schon mehr als eine Woche und bis jetzt gibt es keine Anzeichen, dass sie wieder runterkommen. Es scheint, als ob sie tatsächlich Rache wollten. Eigentlich hätte ich mir das denken können. Sie sehen mich als Verräter. Für sie sind derartige Angriffe nur gerecht… für sie habe ich den Glauben und die Familie verraten."

Amir stand auf und ging zum Fenster. Er blickte auf die Straße. „Ich habe sie seitdem nicht gesehen. Ein naiver Teil von mir glaubt immer noch, wenn ich nur mit ihnen reden könnte, würden sie einsehen, dass ich noch ihr Bruder bin. Aber im Grunde ist mir klar, dass sie das nicht werden. Für sie gehöre ich nicht mehr zur Familie. Manchmal kann eine Ideologie so stark sein, dass sie einem Menschen jegliche Menschlichkeit raubt."

Lydia legte eine Hand auf seine Schulter. Sie wollte ihm so gerne sagen, dass alles gut würde, doch sie wusste, dass es noch lange dauern würde, bis er ansatzweise darüber hinweggekommen wäre. Schließlich war es seine Familie; die Menschen, mit denen er aufgewachsen war, die ihm nun den Tod wünschten. Lydia versuchte, das alles zu verstehen, doch sie konnte es nicht. Denn so sehr sie sich auch zusehends von ihrer Familie, vor allem ihrem Vater, entfremdete, war Amirs Situation doch etwas ganz anderes. Plötzlich schämte sie sich fast, die letzten Wochen das Gefühl gehabt zu haben, immer mehr zu zerbrechen. Ihre Sorgen waren nichts im Vergleich zu Amirs.

Als sie diesen Gedanken laut aussprach, schüttelte Amir nur den Kopf. „Nein", sagte er „Es bringt nichts hier Vergleiche anzustellen. Man wird immer Menschen finden, denen es noch schlechter geht. Fakt ist, dass du in den letzten Monaten genug durchgemacht hast, was niemand durchmachen müssen sollte. Du hast deine beste Freundin verloren und kannst mit deinem Vater kaum noch normal sprechen. Es tut mir so leid, dass das alles meinetwegen passiert ist."

Lydia nahm seine Hand. „Das ist nicht deinetwegen. Das Problem ist, dass viele Menschen ignorant sind und nur in Schubladen denken können oder jemanden vorschnell verurteilen, ohne eine Sekunde über die Hintergründe für sein Verhalten nachzudenken. Bevor ich mit dir zusammen war, habe ich diese Menschen einfach nicht erkannt."

„Kann sein", meinte Amir „Mich lässt der Gedanke trotzdem nicht los, dass es dir ohne mich besser ginge."

„Es wird ja nicht für immer so sein", sagte Lydia „Die Situation wird sich schon bald beruhigen."

„Vielleicht", murmelte Amir. Er schien nicht überzeugt. „Denkst du wirklich, dass dein Vater es irgendwann einsehen wird?"

„Irgendwann muss er es einsehen. Er kann eben nichts dagegen tun und auch ihm muss das ganze Gestreite irgendwann zu blöd werden."

„Vielleicht hast du Recht und wir müssen nur Geduld haben", meinte Amir.

Als Lydia nach Hause ging, wurde es bereits dunkel. Sie ging den gewohnten Weg zur U-Bahnstation. Da überkam sie wieder das Gefühl, beobachtet zu werden. Lydia sah sich um. Es waren nur wenige Menschen auf der Straße unterwegs. Ein Mann mit Kapuze ging direkt hinter ihr. Lydias Inneres gefror. Sie beschleunigte ihre Schritte. Ihr Herz hämmerte in ihrer Brust. Vor ihr sah sie kaum Leute. Lydia blickte erneut nach hinten. Tatsächlich! Der Mann folgte ihr noch in einigen Metern Entfernung. Sie wechselte die Straßenseite und ging noch schneller. Doch nur wenige Minuten später sah sie, dass der Mann schon wieder hinter ihr ging. Sie geriet in Panik. Es war nun offensichtlich. Sie wurde verfolgt. Lydia begann zu rennen. Sie bog ab, doch die Straße vor ihr war menschenleer. Lydia lief so schnell sie konnte davon. Sie sah die U-Bahnstation. Dort waren auch wieder mehr Menschen. Lydia drehte sich erneut um. Der Mann stand in einiger Entfernung. Als sie weiter ging, konnte sie mit einem Blick nach hinten feststellen, dass er ihr wieder in einigem Abstand folgte. Lydia rannte zur U-Bahnstation. Mit einem Blick auf die Anzeige sah sie, dass der nächste Zug in drei Minuten kam. Es fühlte sich an wie eine Ewigkeit. Als sie sich umsah, konnte sie den Mann nicht mehr erkennen. Dennoch löste sich ihre Anspannung nicht. Ihr ganzer Körper zitterte, als die U-Bahn endlich einfuhr. Sobald der Waggon hielt, stieg sie ein. Als sie schließlich das U-Bahngebäude in der Nähe ihres Hauses verließ, war sie mitten in einer Menschenmenge. Hier war um diese Zeit noch deutlich mehr los. Lydia mischte sich unter die Menschen. Sie konnte nicht sehen, ob er noch hinter ihr her war.

Sie kam zitternd und schweißnass zu Hause an. „Lydia!", rief ihre Mutter sofort, als sie in die Knie ging und die Arme um den Körper schlang. „Lydia, was ist passiert? Hat dir jemand etwas getan?" Ihre Mutter schien völlig außer sich.

Lydia schüttelte den Kopf. „Nein!", stammelte sie.

„Aber was ist dann los?", hakte ihre Mutter nach.

„Mir ist jemand gefolgt!", sagte Lydia. Ihre Stimme zitterte. „Erst habe ich geglaubt, ich bilde es mir nur ein, aber egal, wie oft ich die Richtung geändert habe, er war immer hinter mir." Lydia erzählte ihrer Mutter alles über den fremden Mann in der Dunkelheit.

„Wer?! Wer ist dir gefolgt?!", rief ihr Vater „Es war einer dieser Moslems? Hat er dir etwas getan?"

Lydia schüttelte nur den Kopf. Ihr Vater öffnete den Mund, um noch etwas zu sagen.

„Sei jetzt still, Viktor!", fuhr ihm Lydias Mutter dazwischen. Sie nahm Lydia in die Arme und drückte sie fest an sich, bis sie sich einigermaßen beruhigt hatte.

Dann stand Lydia auf und ging in ihr Zimmer. Die Gedanken überschlugen sich in ihrem Kopf. Irgendjemand, wahrscheinlich ein Mitglied von Amirs Familie, hatte es also tatsächlich auf sie abgesehen. Wollte er sie und Amir nur einschüchtern, oder ging seine Wut so weit, dass er ihr tatsächlich etwas antun würde? Lydia konnte es nicht wissen, doch sie wusste, dass sie das nicht einfach ignorieren konnte. Sie beschloss Amir erst anzurufen, wenn sie sich etwas beruhigt hätte.

Lydia nahm an diesem Abend ein starkes Beruhigungsmittel, um überhaupt einschlafen zu können. Im Bett liegend ließ sie alles noch einmal Revue passieren. Sie erinnerte sich an die Gestalt des Mannes, der ihr gefolgt war. Das Bild der sonst menschenleeren Straßen erschien vor ihrem inneren Auge, als hätte man es in ihr Bewusstsein gebrannt. Lydia versuchte, nicht mehr daran zu denken, doch etwas in ihr drängte sie dazu, eine Lösung zu finden. Sie wusste, dass das Sinnvollste, was sie im Moment tun konnte schlafen war, doch dieses etwas in ihr würde ihr keine Ruhe lassen, ehe sie nicht einen Ansatz hatte. Sie würde morgen Amir anrufen und mit ihm besprechen, wie sie weiter vorgehen wollten. Mehr konnte sie im Moment nicht tun. Lydia sagte sich das immer und immer wieder, bis sie lang nach Mitternacht schließlich doch einschlief.

Als sie am nächsten Morgen erwachte, fühlte sich ihr gesamter Körper seltsam taub an. Ihr Blick schien verschleiert und ihre Gedanken benebelt. Sie fühlte sich schwach und viel zu müde, um aufzustehen. Doch schon bald kehrte die Anspannung zurück und verdrängte die Müdigkeit. Lydia konnte nicht länger liegenbleiben. So begann sie irgendwann, noch im Pyjama, in ihrem Zimmer auf und ab zu gehen und nachzudenken. Ihr Kopf war ein Meer aus wirren Gedanken und Sinneseindrücken. Es war erst acht Uhr morgens. Sie wollte Amir noch nicht anrufen. Ihre Eltern und ihr Bruder waren wahrscheinlich auch gerade aufgewacht. Ein Teil von ihr war froh, heute nicht allein in diesem Haus sein zu müssen. Doch andererseits ärgerte sie sich, dass Sonntag war und die anderen nicht zur Arbeit gingen. Sie fühlte sich so zwar sicherer, doch am Ende glaubte sie so oder so nicht, dass ihr hier eine reale Gefahr drohte. Es wäre ihr also lieber, ihr Vater wäre nicht zu Hause.

Schließlich verließ sie doch ihr Zimmer, um zu frühstücken. Sie nahm einfach irgendetwas, das sie im Kühlschrank fand. Während sie aß, war ihr kaum bewusst, was sie eigentlich zu sich nahm, denn sie war in Gedanken bei Amir und ihrem Verfolger. Als sie in den Spiegel blickte, erkannte sie sich kaum noch wieder. Ihre Haare hingen schlaff hinunter und ihr sonst gesunder Teint wirkte blass und fahl. Unter ihren Augen hatten sich dunkle Ringe gebildet. Lydia machte sich nicht mehr die Mühe, das mit Make-up zu kaschieren.

Am späten Nachmittag rief sie Amir an. Sie erzählte ihm, was am Vortag vorgefallen war. Als sie zu Ende erzählt hatte, schwieg er lange. „Amir, bist du noch da?", fragte sie unsicher.

„Ja...." Seine Stimme zitterte. „Was machst du jetzt, Lydia?"

„Ich weiß nicht... glaubst du, dass es dein Bruder war?"

„Ich wüsste nicht, wer, außer einer meiner Brüder und Cousins es gewesen sein könnte. Meine Eltern würden sicher nicht in der Glaubensgemeinschaft erzählen, dass ich vom Glauben abgefallen bin", sagte er.

„Natürlich", murmelte Lydia „Traust du ihnen zu, dass sie mir tatsächlich etwas tun werden?"

„Keine Ahnung. Für sie sind Ungläubige keine richtigen Menschen. Aber auch meine Brüder wissen, dass es hier Gesetze gibt, die Gewalt verbieten." Eine Weile schwiegen sie beide. Dann fragte Amir: „Ist dir irgendetwas an ihm aufgefallen? Weißt du, wer genau es gewesen sein könnte?"

„Er hatte eine Kapuze auf und es war schon relativ dunkel. Alles, was ich sagen kann ist, dass er eher groß war."

„Gut", murmelte Amir „Vielleicht war es Tarek."

„Dein Bruder?", fragte Lydia.

„Ja, er ist der größte in der Familie."

„Was machst du jetzt?", fragte Lydia.

„Ich muss versuchen, mit meiner Familie Kontakt aufzunehmen. Vielleicht kann ich sie davon überzeugen, uns beide wenigstens in Ruhe zu lassen", meinte er. Doch seine Stimme klang nicht sehr überzeugt.

„Was?!?", Lydia war entsetzt „Aber das ist zu gefährlich! Dein Vater hat dich geschlagen und deine Brüder schicken dir andauernd Morddrohungen!"

„Ich will auch nicht mit ihnen persönlich reden. Ich werde ihnen schreiben und versuchen, sie davon abzuhalten, uns weiter zu verfolgen."

„Gut", murmelte Lydia. Sie glaubte nicht daran, dass Amirs Vorhaben Erfolg haben konnte, doch sie wollte es ihn versuchen lassen. Dennoch hatte sie Zweifel: „Aber was, wenn sie uns nur unter der Bedingung in Ruhe lassen, dass du zum Glauben zurückkehrst?"

„Darauf werde ich mich nicht einlassen", sagte er „Ich habe mich entschieden, wer ich sein will und ich werde mich nicht mehr verstellen. Ich habe ihnen lange genug etwas vorgespielt und werde keine Kompromisse mehr eingehen."

„Ich verstehe", meinte Lydia.

„Ich weiß, die Chancen sind nicht sehr gut. Aber sie sind meine Familie. Ich kann sie nicht einfach bei der Polizei anzeigen."

Lydia verstand diesen Wunsch, auch wenn sie nicht recht davon überzeugt war, dass er Erfolg haben würde. Sie wusste, er musste es versuchen, weil ein Teil von ihm seine Familie noch nicht aufgegeben hatte. So ermutigte sie ihn, wissend, dass die erneute Enttäuschung die einzige Möglichkeit für ihn war, mit der

Vergangenheit endgültig abzuschließen und ein neues Leben zu beginnen.

Lydia war die nächsten Tage über total aufgewühlt. Jemand war hinter ihr her und sie hatte keine Ahnung, wie weit er bereit war zu gehen. Ihr Vater hatte ihr geraten, sich wenigstens immer etwas mitzunehmen, mit dem sie sich verteidigen konnte. Vielleicht hatte er Recht, überlegte Lydia. Der Gedanke machte ihr Angst. War es wirklich so weit gekommen, dass sie sich nicht mehr gefahrlos durch die Stadt bewegen konnte? Lydia wollte es nicht glauben, doch es deutete alles darauf hin. Sollte er ihr wirklich Gewalt antun wollen, musste sie sich verteidigen können. Schließlich begann sie im Internet nach einem Waffengeschäft in ihrer Umgebung zu suchen. Es dauerte auch nicht lange, da hatte sie eines in gefunden. Sie atmete tief durch, klappte den Laptop zu und ging hinunter. Momentan war niemand sonst zu Hause und so stellte ihr auch niemand Fragen. Als sie die Straße entlang ging, wurde sie nervös. Ihr Herz hämmerte in ihrer Brust. Es bestand kein Grund zur Nervosität. Doch etwas an dem, was sie dabei war zu tun, wühlte ihr Inneres auf. Die Entscheidung, eine Waffe zu kaufen, zeigte ihr, wie groß ihre Befürchtungen tatsächlich waren; dass sie mit diesem Entschluss ein Stück weiter aus ihrem einst sorglosen Leben gerissen wurde.

Lydia betrat den Laden und sah sich um. Sie sah zuerst zahlreiche Schusswaffen und Messer. Ihr Anblick beunruhigte Lydia noch mehr. Wieder wurde sie daran erinnert, wie sehr ihre Lage außer Kontrolle geraten war. Allein, dass sie hier war, zeigte ihr das. Lydia wandte den Blick von all den tödlichen Waffen ab und kaufte schließlich ein Pfefferspray. Als sie das Geschäft verließ, hatte ein Teil von ihr das Gefühl, gerade etwas Verbotenes gemacht zu haben, auch wenn sie wusste, dass nichts Falsches daran gewesen war.

Am Abend rief sie Amir an und erzählte ihm, dass sie sich für den Fall der Fälle ein Pfefferspray gekauft hatte. Er sagte lange nichts. „Fühlst du dich damit sicherer, wenn du alleine bist?", fragte er schließlich.

„Ich glaube schon, dass es mir besser geht, wenn ich etwas dabeihabe, womit ich mich im Notfall verteidigen kann. Aber ich weiß ehrlich nicht, ob es mir im Ernstfall wirklich helfen würde."

„Hm", meinte Amir nur „Du solltest es auf jeden Fall immer dabeihaben."

Schließlich fing der Unterricht wieder an und Lydia musste sich auf ihre Bachelorarbeit vorbereiten. Sie war froh, dass sie nicht mehr den ganzen Tag lang zu Hause war und durch das Lernen von ihren Sorgen abgelenkt wurde. Doch als sie erfuhr, dass sie mit Natalie im selben Seminar war, kamen alte Erinnerungen wieder hoch. Sie hatte den Gedanken an Natalie die letzten Wochen fast gänzlich verdrängt, doch nun kam ihr all das, was sie beide einst geteilt hatten wieder in den Sinn. Empfand Natalie genauso? Musste auch sie manchmal an die Zeit, als sie beide beste Freundinnen gewesen waren, zurückdenken; oder an die vielen Abenteuer, die sie als Kinder zusammen erlebt hatten? Lydia blickte so unauffällig wie möglich zu Natalie. Sie sah sie nicht an. Kannte sie sie überhaupt noch? Plötzlich spürte Lydia Tränen in ihren Augen. Es waren Tränen der Wut und Enttäuschung. Für Natalie existierte all das, was sie einst verbunden hatte, nicht mehr.

Nach dem Seminar ging Lydia wieder in die Mensa. Sie aß ihr Mittagessen, doch sie hatte eigentlich keinen Appetit. Natalies Gleichgültigkeit ließ sie nicht mehr los. Wie hatte Natalie sich einfach so von ihr abwenden können? Wie konnte sie jetzt einfach so tun, als ob Lydia nicht existierte? War ihre jahrelange Freundschaft am Ende so wenig wert gewesen?

Die Woche verging quälend langsam. Da sie nur noch die Bachelorarbeit zu schreiben hatte, standen nur zwei Seminare auf ihrem Stundenplan. Doch Amir musste während der Woche nach wie vor die meiste Zeit über arbeiten und so sah sie ihn erst am Wochenende wieder. Als sie sich nach Tagen wiedertrafen, hielten sie sich lange in den Armen. Auch wenn sie nur eine Woche voneinander getrennt gewesen waren, kam es ihr vor wie eine Ewigkeit. „Was ist passiert!", platzte sie gleich heraus „Wie haben deine Brüder reagiert?"

Amirs Miene versteinerte. „Sie haben nur wiederholt, dass ich ein Verräter bin und nicht länger zur Familie gehöre und den Tod verdiene. Es war nicht wirklich anders zu erwarten."

Lydia blickte zu Boden. Es war ihr von Anfang an klar gewesen. Dennoch hatte ein kleiner, naiver Teil von ihr gehofft, Amirs Familie würde ihm verzeihen und seine Entscheidung respektieren. „Was machst du jetzt?"

„Ich weiß es nicht" Sein ganzer Körper zitterte.

„Hast du Angst, dass sie dir etwas tun werden?", fragte Lydia.

„Ich glaube nicht, dass sie mir wirklich etwas tun werden. Es ist weniger, dass ich Angst habe sondern, dass...." Amir konnte nicht weitersprechen. Er kämpfte mit den Tränen. „Sie waren meine Familie", stammelte er.

Lydia nahm seine Hand. „Ich weiß", flüsterte sie. Sie drückte ihn eng an sich. Sie dachte an Natalie und wie diese sie einfach fallen gelassen hatte, weil sie andere Meinungen vertrat. Sie würde diesen Verlust noch lange nicht überwunden haben und für Amir würde es noch viel schwieriger werden, denn es war seine gesamte Familie, die jetzt nichts mehr mit ihm zu tun haben wollte und ihm offen ihren Hass zeigte. Lydia wünschte, sie könnte ihm helfen. Doch sie konnte nichts verändern. Sie konnte nur bei ihm sein und ihn stets daran erinnern, dass zumindest sie ihm geblieben war.

Die beiden gingen ins Gästezimmer, in dem Amir vorübergehend wohnte. Sie legten sich in das Bett und schmiegten sich eng aneinander. Amir starrte lange Zeit an die Decke. „Meine Brüder haben mir als Kind alles beigebracht und gezeigt. Als Kind war ich immer mit ihnen zusammen und habe alles mit ihnen gemacht. Ich weiß, als ich in der Schule mehr und mehr österreichische Freunde gefunden habe, und ihre Lebensweise angenommen habe, haben wir uns auseinandergelebt. Mein Vater hat mich dann auch immer öfter kritisiert und gesagt, ich würde vom rechten Weg abkommen. Sie sind trotzdem immer meine Familie geblieben. Aber jetzt bin ich es für sie nicht mehr." Er blickte ins Leere. „Dass ich ein schlechter Moslem bin, konnten sie noch irgendwie akzeptieren, aber da ich mich vom Glauben abgewandt habe, bin ich für sie gestorben."

Erneut wurde Lydia klar, wie gut es ihr verglichen mit ihm noch ging. Das Zusammenleben mit ihrem Vater mochte im Moment unerträglich für sie sein, doch immerhin brauchte sie nicht zu befürchten, dass er sie nicht mehr als seine Tochter ansehen würde oder ihr und Amir Gewalt antat. Auf seine Weise versuchte er sogar, sie zu beschützen.

Am Abend begleitete Amir sie zur U-Bahnstation. Die beiden sprachen kaum, als sie die fast menschenleeren Straßen entlanggingen. So früh im Jahr war es um diese Tageszeit schon ziemlich kalt und Lydia fröstelte. Doch das störte sie in dem Moment kaum, denn sie war froh, mit Amir zusammen hier zu sein.

Plötzlich kam ein Mann direkt auf sie zu. Amir stellte sich instinktiv vor Lydia. „Hey, du Hurensohn!", rief der Mann „Du dreckiger Kafir!"

„Lass uns in Ruhe", sagte Amir.

„Allah wird dich bestrafen!", rief der Mann.

„Wenn Allah mich eh bestrafen wird, dann kannst du mich ja in Ruhe lassen", meinte Amir. Er versuchte stark zu wirken, doch sein ganzer Körper verkrampfte sich. Er sah sich nervös um, ob Menschen in ihrer Nähe waren, die eine etwaige Gewalttat verhindern könnten. Doch die Straße war komplett verlassen. Es würde also nicht einmal Zeugen geben, schoss es Lydia durch den Kopf. Ihr Herz begann zu rasen. Sie packte instinktiv Amirs Arm.

„Du verdienst den Tod!", rief der Mann „Warum bist du vom Glauben abgekommen? Damit du mit deiner kleinen Schlampe in Sünde leben kannst?"

Amir stellte sich weiter vor Lydia. „Nein!", rief er „Weil ich erkannt habe, dass die Religion falsch ist! Ihre Aussagen über die Welt sind falsch und ihre Doktrinen sind moralisch inakzeptabel. Außerdem ergeben ihre Verbote keinen Sinn!"

„Halt die Klappe!", schrie der Mann. „Wage es nicht mehr, schlecht über den Islam zu sprechen! Ich weiß genau, was du im Internet für Müll verbreitet hast, während du noch in unserem Haus gelebt hast! Du hast uns belogen und unseren Glauben besudelt. Noch ein Wort über den Islam und ich bringe dich um!"

Lydia umklammerte fest seinen Arm. Ihr Herz hämmerte so schnell in ihrer Brust, dass sie glaubte, es würde explodieren. Sie griff nach dem Pfefferspray in ihrer Tasche.

Amir zwang sich, ruhig zu bleiben und nichts zu sagen, was sein Gegenüber aufregen würde. „Ich habe meinen Twitteraccount schon vor Wochen gelöscht. Ich rede nicht mehr über eure Religion!"

„Das rate ich dir! Ich sollte dich umbringen, weil du ein Verräter bist! Allah will deinen Tod!", zischte der Mann.

Lydia gefror das Blut in den Adern. Sie umklammerte das Pfefferspray noch fester. Auch Amir zitterte, doch er zwang sich, stark zu wirken. „Das solltest du nicht tun", sagte Amir „Du wärest einer der ersten Verdächtigen. Es gibt genug Beweise, dass du mir Morddrohungen geschickt hast und viele Menschen wissen davon. Wenn du uns etwas tust, gehst du ins Gefängnis!"

„Du hältst dich für so schlau, Amir, was?", rief der Mann „Aber ich sage dir, du wirst noch deine gerechte Strafe bekommen!"

In dem Moment kam eine Gruppe von Passanten um die Ecke und näherte sich. Amir bemerkte es kurz nach Lydia. „Weißt du, Lydia und ich, müssen jetzt weiter." Mit diesen Worten ging Amir zur Gruppe und folgte ihnen möglichst dicht. Lydia hoffte, dass der Mann ihnen vor so vielen Zeugen nichts tun würde. Amir atmete schwer. Lydia zitterte am ganzen Körper. Mit einem Blick zurück sah sie, dass er sich tatsächlich abgewandt hatte und davonging. „Wer war das?", stammelte sie.

„Tarek, mein Bruder", erwiderte Amir. Seine Stimme klang schwach. Er hatte die ganze Zeit einen selbstsicheren Eindruck machen müssen, während er um ihrer beider Leben gefürchtet hatte. „Ich bring dich nach Hause"

„Und was machst du dann", fragte sie besorgt.

„Ich werde Osim anrufen, damit er mich abholt. Ich gehe sicher nicht mehr alleine zurück."

Lydia nickte. Sie konnte noch gar nicht fassen, was vorhin passiert war. Amirs Brüder bedrohten und verfolgten sie beide; nicht nur in ihrer Fantasie, sondern auch in der Realität. Es erschien Lydia so unwirklich, dass man nach ihrer Moral Menschen wie sie und Amir töten durfte.

Bei der U-Bahnstation angekommen warteten sie unruhig auf die nächste U-Bahn. Als diese hielt, stiegen sie beide rasch ein. Lydias Beine zitterten so stark, dass sie sich an der Stange festhalten musste. Ihr Gesicht war so blass, dass sie einige Menschen verwundert ansahen. Lydia beachtete sie nicht. Sie schloss die Augen und versuchte, sich zu beruhigen. Bilder des fremden Mannes jagten sie; tauchten immer wieder in ihrem Kopf auf. Sie sah sein wutverzerrtes Gesicht so deutlich vor ihrem geistigen Auge, als ob er gerade in diesem Moment vor ihr stünde.

Schließlich stiegen Lydia und Amir aus. Der Weg zu Lydias zu Hause war kurz und so waren sie bald angekommen. Amir folgte ihr bis zur Haustür. Sie suchte in ihrer Tasche nach ihrem Schlüssel, doch ihre Hände zitterten so stark, dass sie ihn nicht greifen konnte. Amir stand die ganze Zeit neben ihr. Auch er konnte sich kaum noch auf den Beinen halten. Schließlich entschied er sich, einfach anzuklopfen. Zuerst geschah nichts. Amir klopfte nochmal, diesmal fester. Lydias Mutter öffnete die Tür. „Lydia und ich wurden bedroht", sagte er und erzählte ihr in aller Kürze, was vorgefallen war.

Einen Moment später spürte Lydia die Arme ihrer Mutter, die sie festhielten. Fast zur gleichen Zeit hörte sie ihren Vater rufen: „Lydia, was ist passiert? Hat dir jemand etwas getan?" Dann erblickte er Amir und schrie: „Verschwinde von hier! Du bringst meine Tochter in Gefahr! Halt dich gefälligst fern von ihr!"

„Es ist doch nicht seine Schuld", flehte Lydia. Sie wollte jetzt mehr denn je bei Amir sein, doch dieser eilte bereits davon. Lydia hoffte nur, dass er es mit Osims Hilfe sicher nach Hause schaffen würde.

„Klar ist es seine Schuld! Ich habe es ja von Anfang an gesagt, er bringt dich nur in Probleme. Diese Leute machen echt alle nur Ärger!", donnerte ihr Vater.

„Hör jetzt auf, Viktor. Siehst du nicht, wie sie zittert!", rief ihre Mutter.

„Gut so!", erwiderte ihr Vater „Dann kommt sie vielleicht endlich zur Vernunft und hört auf, sich mit solchen Kanaken abzugeben!"

„Jetzt sei doch still! Lydia ist möglicherweise in Gefahr!", rief ihre Mutter.

„Ja, und deswegen wird sie sich auch nicht mehr mit diesem Typen treffen!", entgegnete ihr Vater.

„Vielleicht sollten wir uns erstmal genauer ansehen, was eigentlich los ist", meinte ihre Mutter.

„Das ist doch völlig klar! Das ist es halt, was passiert, wenn man sich mit solchen Leuten einlässt. Bald werden wir alle solche Probleme haben, weil immer mehr von diesen Leuten daherkommen."

„Ich gehe in mein Zimmer", sagte Lydia und stand auf.

„Halt, ich war noch nicht fertig!", rief ihr Vater.

„Ja, aber du erzählst mir schon seit Monaten immer wieder denselben Müll. Würde mich echt überraschen, wenn du mal was Neues zu sagen hättest", erwiderte sie.

„Wie kannst du es wagen, so mit mir zu reden?", rief ihr Vater „Du wirst dich auf keinen Fall weiter mit diesem Typen treffen! Ist das klar?"

Lydia antwortete nicht. Sie verschloss die Zimmertür und ließ sich auf ihr Bett sinken. In ihrem Kopf drehte sich alles. Sie konnte nicht mehr klar denken. Alles, was sie noch wusste war, dass es so nicht weitergehen konnte. Irgendetwas musste sich ändern. Lydia schloss die Augen und versuchte sich zu beruhigen. Tausende Gedanken schossen ihr durch den Kopf, verloren sich im Durcheinander ihres Bewusstseins, nur, um gleich wieder hervorzukommen. Wo war Amir jetzt? War er in Sicherheit? Lydia musste es wissen. Sie wählte seine Nummer. Mit zitternden Fingern hielt sie das Handy an ihr Ohr. Es dauerte nicht lange, da antwortete er ihr. „Amir!", rief sie „Amir, bist du in Sicherheit?"

„Ja, ich bin im Auto. Osim bringt mich gerade nach Hause."

Lydia atmete auf. „Was machen wir jetzt?"

„Das werde ich morgen mit meiner neuen Familie besprechen. Du solltest auch kommen", sagte er.

„Ich hatte wieder einen Streit mit meinem Vater. Er will nicht, dass ich dich weiter sehe", sagte Lydia.

„Hast du vor, auf ihn zu hören?", wollte er wissen.

„Natürlich nicht!", rief Lydia aus „Aber ich glaube, dass es auch bei mir nicht ewig so weitergehen kann."

„Ich werde Herrn Ylmatz fragen, ob er dir helfen kann", überlegte Amir.

„Meinst du wirklich?"

„Ich werde sehen, was ich tun kann."

Lydia nickte. Der Gedanke, nun vielleicht schon sehr bald von zu Hause wegzuziehen, kam ihr seltsam vor. Doch sie wusste, dass es die einzige Möglichkeit war, endlich frei zu sein. „Ich komme morgen auf jeden Fall zu dir, ok?"

„Ja, aber sei vorsichtig", meinte Amir.

Lydia blieb noch lange auf ihrem Bett liegen und starrte ins Leere. So sollte es also kommen. Es war nicht, dass Lydia nicht alt genug gewesen wäre, um von zu Hause auszuziehen. Der Entschluss kam bloß sehr plötzlich. Sie hatte sich schon lange danach gesehnt, der Situation in ihrem Elternhaus zu entfliehen, doch nun war der Schritt aus dem Gewohnten hinaus in die Welt innerhalb eines Augenblicks zur greifbaren Realität geworden. Sie beschloss ihren Eltern erst etwas zu sagen, wenn es endgültig war und unmittelbar bevorstand. So verbrachte sie den Abend hauptsächlich in ihrem Zimmer und versuchte Ordnung in ihre trübsinnigen Gedanken zu bringen. Die Angst saß ihr noch immer in den Knochen. Zusätzlich belastete sie der erneute Streit mit ihrem Vater. Sie musste die ganze Zeit daran denken, wie sehr Amirs Familie dem Bild entsprach, das er von allen Moslems hatte. Vor diesen Menschen versuchte er sie zu beschützen, nur richtete er seinen Hass dabei gegen so viele Unschuldige.

Auch am nächsten Tag zog sie sich die meiste Zeit über zurück, denn sie wollte nicht auf die gestrigen Ereignisse angesprochen werden. Erst am Nachmittag machte sie sich zu Amir auf. „Wo willst du schon wieder hin?", fragte ihr Vater vorwurfsvoll, als sie das Haus verließ.

Lydia ignorierte ihn.

Ihr Vater begann erneut zu schimpfen, doch sie eilte bereits davon. Jetzt am Tag fühlte sie sich auf den Straßen viel sicherer, da überall, wo sie hinkam, Menschen unterwegs waren. Als sie bei Amir war, saßen bereits alle am Wohnzimmertisch, offenbar mitten in einem Gespräch. „Lydia!", rief Amir.

„Was habe ich verpasst?", fragte sie.

„Lydia, es sind noch ein paar Monate bis Amir seinen Zivildienst beenden wird und bis du mit dem Bachelor fertig bist, dauert es auch nicht viel länger", sagte Herr Ylmatz „Ich kann euch nicht dauerhaft hier behalten, da Amirs Brüder euch hier als erstes suchen würden. Auch wenn ich immer noch glaube, dass sie Amir nur einschüchtern wollen, ist es auch für meine Familie gefährlich."

Lydia spürte Verzweiflung in sich hochkommen. Sie wusste, dass Herr Ylmatz Recht hatte. Dennoch hatte sie gehofft, dass es einen Weg gab, wie sie beide ihrer momentanen Hölle entkommen konnten. Nun klammerte sie sich an die Hoffnung, dass wenigstens Amir bei jemand anderem unterkommen konnte, jemandem, bei dem er sicher wäre.

Herr Ylmatz fuhr fort: „Ein Freund von mir hat vor einiger Zeit eine Reitschule gegründet und er könnte durchaus noch Hilfe im Stall gebrauchen. Er hat sich also bereit erklärt, euch, wenn ihr ihm helft, sich um die Pferde zu kümmern, bei sich wohnen zu lassen, bis ihr einen Job und eine Wohnung findet."

Lydia nickte. Sie wusste, sie sollte sich bei Herrn Ylmatz für all seine Mühen bedanken, doch sie brachte kein Wort heraus. Sie wusste nicht, wie sie über all das empfinden sollte. Es wäre alles viel einfacher ohne das ständige Geschrei ihres Vaters. Sie hatte ohnehin vorgehabt bald nach ihrem Studium, von zu Hause wegzuziehen. Doch sie wollte ihre Familie nicht auf diese Weise verlassen. Lydia schob den Gedanken beiseite. Für solche Überlegungen war jetzt keine Zeit. Sie musste tun, was sie tun musste. „Und was machen wir wegen Amirs Familie?", fragte sie schließlich.

„Ich werde zur Polizei gehen", sagte Amir knapp.

Lydia erschrak. Es war klar gewesen, dass das die einzige Möglichkeit war. Doch der Gedanke, dass Amir gezwungen war, seine eigene Familie anzuzeigen, ließ sie innerlich erschauern. Sie wollte sich nicht vorstellen, was das für ihn bedeuten musste. Doch sie zwang sich wieder, diesen Gedanken zu verdrängen. Sie mussten jetzt eine praktische Lösung für ihre Probleme finden.

„Also, wann kann ich zu deinem Freund übersiedeln? Wenn das ok ist, werde ich heute noch meine Sachen packen", sagte Lydia.

„Ok, ich hole dich dann morgen um drei mit dem Auto ab", antwortete Osim.

„Gut, und ich gehe morgen zur Polizei", sagte Amir.

Lydia atmete tief durch. Jetzt im Moment saßen sie alle gemütlich beisammen und konnten über ihr weiteres Vorgehen sprechen. Doch es war bloß die Ruhe vor dem Sturm. Schon morgen würden Amir und sie einen Schlussstrich unter ihr bisheriges Leben ziehen.

Nachdem alles geklärt war, ging Lydia nach Hause. Sie kam am späten Nachmittag an und zog sich in ihr Zimmer zurück. Ohne Umschweife begann sie ihre Kleider und die Unterlagen für die Uni, sowie einige persönliche Gegenstände geordnet auf ihr Bett zu legen, um sie später in Koffer und Taschen zu packen. Als sie das erledigt hatte, ging sie hinunter. Ihr Vater und ihr Bruder schauten gerade ein Fußballmatch. So nutzte Lydia die Gelegenheit, um ihrer Mutter von ihrem Entschluss zu erzählen. „Bist du dir sicher?", fragte sie. Auch für sie kam die Nachricht plötzlich.

„Ja", antwortete Lydia „Ich muss einfach weg von hier. Ich kann mich nicht das nächste Jahr ständig mit Papa streiten."

Ihre Mutter zögerte. Sie schien einiges auf dem Herzen zu haben, doch es fiel ihr sichtlich schwer. „Du weißt aber schon, dass es auch für dich gefährlich werden kann mit Amir im selben Haus zu leben?", fragte sie.

„Ja", murmelte Lydia „Aber ich stecke schon mit drinnen und ich werde Amir auf keinen Fall verlassen. Wenn sie mir wirklich etwas tun wollten, dann können sie das auch hier oder in der Nähe der Uni. Sie werden auch nicht wissen, wo wir wohnen werden. Es ist also vielleicht sogar sicherer als hier."

Ihre Mutter nickte. Ihr war sichtlich unwohl bei der Vorstellung, doch sie wusste, dass sie Lydia nicht umstimmen konnte.

So brachte sie ihr noch mehrere Koffer und half ihr, ihre Sachen einzupacken. Die beiden umarmten sich innig. Sie hatten sich Lydias Auszug nicht so vorgestellt. Ihre Mutter hatte sich gar nicht darauf vorbereiten können und auch für Lydia kam es sehr plötzlich. Sie schluckte die Tränen hinunter. Ihr Entschluss stand fest und sie wusste, dass es letztendlich für alle am besten war.

Am nächsten Tag war Lydia sehr unruhig. Sie konnte kaum glauben, dass sie noch heute ihren gewohnten Alltag für immer hinter sich lassen würde. Sie wollte nicht daran denken, ob sich das Verhältnis zu ihrem Vater je wieder beruhigen würde. Erst kurz vor drei Uhr informierte ihre Mutter ihren Vater und ihren Bruder.

„Was! Sie kann doch nicht allen Ernstes zu diesem Typen ziehen wollen, nach allem, was sie seinetwegen durchgemacht hat!", begann ihr Vater zu schreien.

„Doch kann ich! Und wenn du einmal kurz nachdenkst, errätst du vielleicht sogar den Grund, warum ich es hier einfach nicht mehr aushalte!" Mit diesen Worten brachte sie einen ihrer Koffer zu Osims Auto, das bereits, wie besprochen, vor ihrer Gartentür stand. Ihre Mutter und ihr Bruder halfen ihr mit dem Rest.

„Was, ihr unterstützt sie auch noch bei dem Ganzen! Wie könnt ihr zulassen, dass unsere Tochter zu diesen Leuten zieht? Sie bringt sich in Gefahr! Sie ist schon mehrfach von diesen Kanaken bedroht worden und ihr lasst sie mit so einem zusammenziehen!", rief ihr Vater entrüstet, doch niemand beachtete ihn. Ihre Mutter versicherte ihr nur immer wieder, er würde es schon verstehen. Als sie wieder ins Haus ging, sagte sie zu ihrem Mann: „Hör zu Viktor! Wenn ihr dort etwas passiert, dann musst du das verantworten. Du bist nämlich der Grund, warum sie jetzt auszieht, weil sie dein ewiges Geschimpfe nicht mehr aushält!"

„Alles in Ordnung?", fragte Osim, als sie wieder einen Koffer neben sein Auto stellte.

Lydia nickte. Er öffnete den Kofferraum für sie. Lydia begann die Koffer einzuladen, ihre Mutter und Daniel brachten noch weiteres aus dem Haus. Ein letzter Koffer war noch in ihrem Zimmer. Obwohl es Lydia in diesem Moment widerstrebte nochmals hineinzugehen, ging sie selbst um diesen zu holen.

„Du willst doch nicht wirklich mit einem Moslem zusammenziehen! Willst du allen Ernstes mit diesen Leuten leben, nach allem, was du wegen ihnen durchgemacht hast?", rief ihr Vater, als Lydia mit dem Koffer die Treppe hinunterkam.

Lydia beachtete ihn nicht. Erst als sie schon in der Eingangstüre stand, drehte sie sich zu ihm um. „Hör zu, Papa", sagte sie „Du bist und bleibst mein Vater und ich will dich nicht verlieren. Aber ich lebe mein eigenes Leben und wenn du nicht bereit bist, meine Entscheidungen zu respektieren, bin ich bereit, jeglichen Kontakt abzubrechen." Mit diesen Worten verließ sie das Haus. Als sie ihre Mutter ein letztes Mal umarmte, musste sie doch weinen. Sie versprach, sich bald bei ihr zu melden. Dann stieg sie ins Auto und fuhr mit Osim davon.

Nachwort

Diese Geschichte ist frei erfunden, wurde aber nach ausführlicher Recherche über, und einigen Interviews mit Personen, die sich vom Islam abgewandt haben, geschrieben. Es ging darum, die zentralen Probleme, mit denen diese Menschen konfrontiert sind zu schildern, nämlich, sie von Moslems oftmals als Verräter angesehen werden, während sie von Angehörigen der Mehrheitsbevölkerung nach wie vor als Muslime betrachtet werden. Zusätzlich werden sie für islamkritische Äußerungen sehr schnell in die rechte Ecke gestellt, gleichzeitig werden sie aber oftmals von Rechtsextremen für deren Propaganda missbraucht.

Der konkrete Entschluss, dieses Thema in Form einer fiktiven Geschichte zu bearbeiten kam, als ich Recherchen für meine Bachelorarbeit anstellte. Ich erkannte, wie wenig Bewusstsein dazu in der breiten Bevölkerung existiert. Viele, die mich nach dem Thema meiner Arbeit fragten, waren überrascht, dass es überhaupt Menschen gibt, die sich vom Islam abwenden. Ich selbst habe erst wenige Monate vor dem Entschluss, meine Bachelorarbeit darüber zu schreiben, von dem Thema gehört.

Dementsprechend schwer war es, eine wissenschaftliche Arbeit darüber zu verfassen. Erstens, weil es kaum wissenschaftliche Literatur dazu gibt. Es gibt zwar einige wissenschaftliche Bücher und Artikel, die sich allgemein mit dem Thema der Apostasie, also dem Abfall vom Glauben befassen, jedoch fand ich nur eine wissenschaftliche Studie zum Thema Apostasie im Islam. Wie Simon Cottee in seinem Buch „The Apostates" schreibt, gibt es in der Soziologie zwar ein steigendes Interesse an Personen, die zum Islam konvertieren, aber kaum eines an Menschen, die sich vom Islam abwenden.

So suchte ich verstärkt nach Beiträgen von Ex-Muslimen selbst. Ich las zahlreiche Twitternachrichten, Blogbeiträge und Biographien von Ex-Moslems, sowie das Buch „The Apostates" von Simon Cottee, das erste wissenschaftliche Buch zu dem Thema.

Dann schließlich führte ich selbst Interviews mit Ex-Moslems. Auch hier ist auf einige Schwierigkeiten hinzuweisen. Erstens gab es in Österreich keine offiziellen Communities für Ex-Muslime, an die ich mich hätte wenden können. So konnte ich hier nur über Bekannte an Kontakte herankommen. Ich kontaktierte zwar auch Organisationen, wie etwa die Säkulare Flüchtlingshilfe in Deutschland. Dennoch konnte ich nur eine geringe Anzahl an Interviewpartnern finden.

Die Schwierigkeiten zum Thema der Apostasie im Islam zu forschen, liegen aber nicht bloß an der geringen Anzahl an offiziellen Communities. Es ist auch schwierig, mit diesen Leuten Kontakt aufzunehmen, da sich viele auch in Europa nicht sicher fühlen. Viele Ex-Muslime bekennen sich nicht offen zu ihrem Atheismus, teils aus Angst vor der eigenen Familie. Viele von ihnen, vor allem jene, die aus islamischen Ländern geflohen sind, haben teils von Seiten ihrer Familie massive Gewalt erfahren. Deswegen leiden auch viele von ihnen an schweren Traumata. So gestand mir beispielsweise eine Interviewpartnerin später, dass sie mir nicht ihre ganze Geschichte erzählt habe, da es zu schmerzhaft gewesen wäre, darüber zu sprechen.

An dieser Stelle möchte ich noch eine weitere Schwierigkeit ansprechen, die sich ergibt, wenn man sich mit dem Thema der Apostasie im Islam beschäftigt. Man interagiert sehr wahrscheinlich mit Menschen, die Gewalterfahrungen gemacht haben. Deshalb muss man damit rechnen, dass die Auseinandersetzung mit dem Thema psychisch belastend sein kann. Ich selbst war mir dessen bewusst, doch tatsächlich darauf vorbereitet war ich nicht.

Apostasie im Islam ist ein sehr komplexes Thema. Personen, die sich vom Islam abgewandt haben, sind oftmals Angriffen und Diffamierungen von mehreren Seiten ausgesetzt. Ich habe die grundlegenden Probleme in dieser Geschichte angesprochen.

Natürlich ist es nicht möglich, ein derart komplexes Thema in einer Geschichte in all seinen Facetten zu beleuchten. Deshalb möchte ich im Folgenden ein paar allgemeine Informationen zu dem Thema geben.

Apostasie ist ein sehr sensibles Thema für Muslime. Viele werden sehr emotional in Bezug auf den Abfall vom Glauben. Simon Cottee zitiert in seinem Buch „The Apostates" einen seiner Interviewpartner: *„It's not just, you criticize Islam in some way, you're actually criticizing the very foundation of it and people take it as an attack on their identity, not just their belief."*

Deshalb ist auch für viele muslimische Rechtsgelehrte Apostasie ein mindestens so schweres Verbrechen wie Mord, denn Apostasie bedroht die Einheit der muslimischen Gemeinschaft. So sagt zum Beispiel der islamische Jurist al-Samara'i: *„The apostate causes others to imagine that Islam is lacking in goodness and thus prevents them from accepting it."* Apostasie wird als Bedrohung der Gemeinschaft der Muslime aufgefasst, denn wenn einer überzeugt werden konnte, den Islam zu verlassen, warum dann nicht alle?

Natürlich ist dieses Prinzip nichts spezifisch Islamisches. In allen Religionen sind Apostaten das Objekt von Feindseligkeiten und Ablehnung.

Dieses Prinzip beschränkt sich im Übrigen auch nicht auf Religionen. Auch in säkularen Gruppen werden Abtrünnige mit derselben Vehemenz verflucht und bekämpft. Laut dem Soziologen Georg Simmel sind Konflikte innerhalb einer Gruppe tendenziell intensiver als Konflikte zwischen Gruppen. So tun Menschen, die viele Merkmale gemeinsam haben, einander oft Schlimmeres an, als völlig Fremden. Auch ein Abtrünniger, der früher Mitglied der Gruppe war, kann den Konflikt verschärfen. Denn das Wissen um frühere Einigkeit macht den neuen Kontrast noch viel schärfer. Zudem schaffen bestehende Gemeinsamkeiten weitere Verwirrung und drohen, die Grenzen verschwimmen zu lassen. Daher werden die Unterschiede weiter betont und hervorgehoben.

Ähnliches lässt sich natürlich nicht bloß über Abtrünnige, sondern auch über Kritiker innerhalb der eigenen Gruppe sagen. So kann man als Kritiker innerhalb einer Gruppe sehr schnell als Abtrünniger betrachtet werden, ohne es tatsächlich zu sein. Der Soziologe Lewis A. Cosar erklärt, dass eine Gruppe, wenn sie durch andere Gruppen bedroht wird, oftmals gezwungen ist enger zusammenzurücken. Ein ähnliches Verhalten ist zu beobachten, wenn sich die Gruppe gegen eine Gefahr von innen verteidigt. Die Reaktionen sind sogar oftmals stärker, wenn es darum geht, einen „Feind innerhalb der Gruppe" zu bekämpfen, da dieser nicht bloß die Werte und Interessen der Gruppe in Frage stellt, sondern ihre Einheit bedroht. Der Abtrünnige, so Cosar, bedroht die Grenzen zwischen etablierten Gruppen.

Die Gründe, warum Menschen, die muslimisch erzogen wurden, sich vom Glauben abwenden, sind natürlich sehr vielfältig und individuell. Dennoch gibt es wiederkehrende Muster.

Ein häufig genannter Grund ist etwa die Konfrontation mit anderen Weltanschauungen, beziehungsweise das Lesen wissenschaftlicher oder philosophischer Literatur.

So beschreibt beispielsweise die saudische Ex-Muslima Rana Ahmad in ihrem Buch „Frauen dürfen hier nicht träumen", wie sie auf Twitter auf den Account „Arab Atheist" stieß. Zu diesem Zeitpunkt wusste sie noch nicht, was ein Atheist war. Wie viele Ex-Muslime, suchte sie anfangs im Internet nach Informationen und las schließlich auch wissenschaftliche Literatur.

Insgesamt wird die Konfrontation mit anderen Weltanschauungen und die Auseinandersetzung mit wissenschaftlicher oder philosophischer Literatur oft als Grund für Apostasie genannt. Häufig von Ex-Muslimen angeführte Autoren sind etwa Richard Dawkins, Nietsche und Marx.

Ein weiterer häufig genannter Grund, sich vom Glauben abzuwenden, ist das Erfahren von, beziehungsweise die Konfrontation mit religiös motivierter Gewalt oder Unterdrückung.

Aber wie Cottee schreibt, können auch andere schwerwiegende Ereignisse im eigenen Leben ein Grund sein, die Religion zu hinterfragen, wie zum Beispiel der unerwartete Tod eines guten Freundes.

Auch das Eingehen einer verbotenen sexuellen Beziehung kann zum Hinterfragen der religiösen Werte führen.

Viele fallen vom Glauben ab, indem sie, um bessere Muslime zu werden oder um den Islam vor den „islamophoben westlichen Medien" zu verteidigen, den Koran erstmals in einer Sprache lesen, die sie verstehen. Dahinter steckt meist die Überzeugung, dass der Islam in Wahrheit gut ist und diejenigen, die etwas anderes behaupten, ihn falsch verstanden haben. Oft kommen sie dabei zu dem Schluss, dass es ihnen nicht möglich ist, den Islam mit ihren eigenen liberalen Werten in Einklang zu bringen.

Wenige geben an, dass eine spirituelle Entfremdung der Grund für ihre Apostasie war; dass ihr Glauben einfach „erloschen" sei und sie aufgehört hätten, die Präsenz von Gott zu spüren. Für manche ist das Gefühl der spirituellen Leere auch eine Konsequenz anderer Zweifel, die unbeantwortet blieben. Hier ist sie nicht die Ursache der ersten Zweifel, sondern deren Produkt.

Auch politische Ereignisse, wie etwa 9/11, können den Grundstein für Apostasie legen. Cottee berichtet von einem Interviewpartner, dessen Grund für seine Zweifel nicht der Anschlag selbst war, sondern die Tatsache, dass dieser von vielen Muslimen verteidigt wurde. „*I couldn't understand how a such devout and pious Muslims, who carried out every religious duty and fault, could be so confident in beliefs that where so obviously immoral, so obviously wrong. This led me to an even more troubling thought: was I like him? Not in the sense of trying to justify killing innocent people- but what if I was also confident in beliefs, that were wrong?.... What if the Quran is not the word of God? What if Muhammad is not the Prophet of God? And what if Islam is not true?*"

Die Aktivistin Yasmine Mohammed schriebt 2018 am Jahrestag von 9/11 in einer Serie aus Twitternachrichten: „ *17 years ago, I dropped off my daughter at daycare and was on my way to class at university. On the radio they were talking about a tower burning in NY, it was all so surreal. Then right before I parked the car, they said there was another plane. I listened to audio of people /1 screaming and I knew exactly what had happened. When that second plane hit, I immediately knew who was responsible. If the father of my child had not already been in prison for his links to AlQaeda, I would have sworn that he was involved. I wanted to rip the hijab off my head /2I didn't want to be associated w those murderers. When ppl looked at me, I knew all they'd see was the cloth on my head that screamed IM ONE OF THEM! But I wasn't. But I was. But I didn't want to be anymore. All of our lives were changed that day. We all went through personal /3journeys instigated by the terrorists that day. My journey began when the Dean of my Dept called me into his office to ask if I was ok. My ppl had just murdered his ppl in cold blood and he was asking if anyone made me feel uncomfortable. He wanted to make sure I wasnt dealing /4 w any backlash. The shock I was already feeling was now multiplied. 'No, no one is making me uncomfortable. I'm uncomfortable because people have been murdered. I'm uncomfortable because the murderers are Muslim like me. THAT makes me uncomfortable.' /5 I marveled at how stupidly kind he was and at how shrewdly evil his enemy was. I felt sick as it dawned on me that they were no match for each other. It also dawned on me that I didn't want to be Muslim anymore. /6 I wanted to get as far away from Islam as I could.*

How could I continue to be associated w a religion that I knew was ruth-
lessly determined to spread more blood? I wanted out. I wanted to be
reborn, like a phoenix, out of the ashes around ground zero. /7 #Never-
Forget"

Grundsätzlich vergehen aber zwischen den ersten Zweifeln und dem tatsächlichen Abfallen vom Glauben meist mehrere Monate. Rana Ahmad zum Beispiel betonte im Interview, dass es in ihrem Fall insgesamt ein Jahr gedauert hat. Grundsätzlich beginnen die Zweifel meist mit dem Gefühl, dass etwas nicht richtig ist, oder keinen Sinn ergibt. Diese Zweifel zentrieren sich meist um den Wahrheitsanspruch des Islams, die moralische Richtigkeit islamischer Ge- oder Verbote oder deren Notwendigkeit. Simon Cottee teilt die Arten von Zweifel in folgende Kategorien ein:

1. **Epistemologische Zweifel:** Hier geht es in erster Linie um Bedenken bezüglich des Wahrheitsgehaltes islamischer Schriften. Es besteht oft Zweifel daran, ob die Behauptungen des Islams darüber, wie die Welt ist oder wie sie entstanden ist, der Wahrheit entsprechen. Das häufigste Objekt des Zweifels ist dabei die Existenz Gottes. Für viele Ex-Muslime war es das viele Unrecht in der Welt, das sie an Gott zweifeln ließ. So zitiert etwa Simon Cottee einen seiner Interviewpartner: *„If there was a God, why would he allow such an enormity of suffering in the world?"*. Außerdem zweifelten viele an der Göttlichkeit des Korans. Vor allem durch die kritische Betrachtung des Lebens Mohammeds wurde vielen klar, dass der Islam von Menschen gemacht worden ist. *„that many of Prophet Muhammad's revelations were conveniently revealed when he wanted something"*. Auch die Entdeckung anderer Religionen ist für viele ein Grund am Anspruch des Islams auf exklusive epistemologische Autorität zu zweifeln. Außerdem begannen viele durch die Konfrontation

mit der Evolutionstheorie die islamische Schöpfungsge-
schichte zu hinterfragen.

2. **Moralische Zweifel:** Hier geht es nicht um intellektuelle
   Argumente, sondern um ethische Bedenken. Viele stört
   beispielsweise die Willkür der Predästimonation. So fragen sich etwa einige, wieso sie in den Himmel kommen,
   nur, weil sie zufällig als Muslime geboren wurden.
   Ebenso ein Anlass zum Zweifeln für viele ist die inhu-
   mane Bestrafung für Ungläubige, wie sie im Koran gefordert wird. Für andere, vor allem Frauen, war die unglei-
   che Behandlung der Geschlechter in den islamischen
   Schriften ein erster Anlass zum Zweifeln. Generell wurden bei vielen die Zweifel durch die Ungerechtigkeit spezifisch islamischer Forderungen ausgelöst, wie etwa die
   der Tötung von Ungläubigen oder der Bestrafung für se-
   xuelle Beziehungen mit Nicht-Muslimen.

3. **Instrumentelle Zweifel:** Bei dieser Kategorie geht es um
   das Zweifeln an der praktischen oder rationalen Nütz-
   lichkeit von islamischen Forderungen. Beispiele für solche Forderungen, deren Sinnhaftigkeit oft bezweifelt
   wird, sind etwa das Verbot des Zeichnens bestimmter
   Motive oder des Schachspielens. Diese Kategorie des
   Zweifels ist insgesamt am wenigsten relevant.

Natürlich ist hier anzumerken, dass sich diese Kategorien
überschneiden können und die Übergänge, vor allem zwischen
den letzteren beiden, teils fließend sind.

Wie bereits erwähnt, vergehen in den meisten Fällen zwischen
den ersten Zweifeln und dem tatsächlichen Abfall vom Glauben
mehrere Monate oder auch Jahre. Von den meisten werden diese
Zweifel als große psychische Belastung wahrgenommen. So sorgt
die Konfrontation mit alternativen Denkweisen oft für Verwirrung oder Unsicherheit. Rana Ahmad schreibt beispielsweise

über ihre Entdeckung der Definition von Atheismus: *„Diese Worte sind so ungeheuerlich, dass mein Herz beginnt, wie wild zu schlagen. Nicht zu glauben ist die größte Sünde in dem Land, in dem ich lebe. Das ist ungeheuerlich, dass ich zuerst gar nicht verstehe, was diese Worte mir sagen sollen."* Über die Verwirrung, die diese Entdeckung in ihr ausgelöst hat, schreibt Ahmad: *„Auf die Abkehr vom Islam steht in Saudi-Arabien die Todesstrafe. Ich kenne andere Religionen, Christen, Juden, Buddhisten. Aber dass es Menschen geben soll, die gar nicht glauben, kann ich nicht begreifen."*

Außerdem können Zweifel an der Religion Schuldgefühle hervorrufen, da ein guter Moslem Gott nicht hinterfragt. Dabei kann die Angst, in die Hölle zu kommen, zu einer noch weit größeren Belastung führen. Für viele bedeutete das Paradies nie besonders viel, da die Vorstellung einfach zu abstrakt war. Die Hölle jedoch wird im Koran sehr konkret beschrieben: *„We shell send those who reject Our revelation to the fire. When their skins have been burnt away, We shell replace them with new ones so that they may continue to feel the pain: God is mighty and wise."* oder *„Garmets of fire will be tailored for those who disbelieve; scalding water will be pured over their heads, melting their insides as well as their skins; there will be iron crooks to restrain them; whenever in their anguish, they try to escape, they will be pushed in and told `taste the suffering of the Fire'"*. So begleiten die Ängste vor der ewigen Verdammnis den Prozess der Apostasie der meisten Ex-Muslime.

Dabei können auch unangenehme Erfahrungen im Leben, wie etwa Mobbing in der Schule, als Strafe für das Zweifeln an Gottes Wort interpretiert werden.

Ebenfalls eine häufige Angst ist die der sozialen Ächtung. Viele haben daher Schwierigkeiten offen über ihre Zweifel zu sprechen. Das ist für die Betroffenen oftmals mit dem Gefühl extremer Einsamkeit verbunden. Zum Beispiel können viele, wenn sie Antworten auf ihre Fragen suchen, ihre Zweifel nicht direkt äußern. Dabei ist es oftmals einfacher, seine Zweifel auf anonymen Seiten im Internet auszudrücken. Viele äußerten Unzufriedenheit über die Antworten auf ihre Fragen. Oftmals sind diese sehr vage, weichen der eigentlichen Frage aus oder es heißt einfach: „Vertraue in Allah", oder „Wir sind nicht fähig so weit zu denken". Dabei können mitunter die engsten Vertrauten die kältesten und abweisendsten Antworten geben. Die Untersuchung der Zweifel hat oft den unbeabsichtigten Effekt, diese zu intensivieren.

Ex-Muslime, die in islamischen Ländern geboren wurden, mussten teils auf Grund ihrer Zweifel um ihr Leben fürchten. Viele verlassen deshalb ihre Heimat.

Viele wehren sich gegen diese Zweifel und suchen krampfhaft nach Gegenargumenten, was sehr oft aber den gegenteiligen Effekt hat. So zitiert etwa Cottee eine Interviewpartnerin: *„When I started doubting it properly, I never in a million years thought, I was going to leave Islam. I thought, I was going to have all my questions answered and be proven wrong. I thought it was going to strenghten my faith actually, but it completely went the other way."*

Viele wollen zu Beginn Klarheit und hoffen, dass ihre Zweifel verschwinden. Dabei wird es oftmals als zusätzliche Belastung empfunden, dass es sehr schwer ist, sich jemandem anzuvertrauen, da Zweifel einem sehr schnell den Vorwurf der Blasphemie einbringen. Für viele ist hier das Internet ein wichtiger Anhaltspunkt. Über ihre Auseinandersetzung mit dem Atheismus schreibt Rana Ahmad: *„Und obwohl ich mich fast nicht traue, überhaupt zu denken, dass sie Recht haben könnten, lässt mich das Thema nicht los, die verbotenen Gedanken ergreifen sogar immer größeren Besitz von mir. Ich versuche mich dagegen zu wehren, suche nach Beweisen für die Existenz Gottes, irgendetwas, das ich dieser ungeheuerlichen Behauptung, es gebe ihn nicht entgegensetzen kann. Wer oder was ist Gott? Wie äußert sich Gott? Ich grübele und grübele, aber ich merke, dass das, was mir dazu einfällt, ziemlich vage ist, die Beweise halten nicht. Das meiste, was ich mit Gott verbinde, sind Regeln, Pflichten,*

Gebote. Dinge, die man tun muss, weil er es will. Aber worin begründen sie sich? Und wie zeigt Gott sich uns? Dazu fällt mir nicht viel ein."

Für viele bricht beim Prozess der Apostasie ihre ganze Welt zusammen. Hier schreibt Ahmad: *„Die Welt, in der ich bis vor zehn Minuten noch gelebt habe, beginnt, in sich zusammenzustürzen. Es ist der Beginn einer langen Kettenreaktion."*

Der Prozess des Zweifelns ist auf jeden Fall sehr angespannt und turbulent, hauptsächlich geprägt von Verwirrung. Im Kopf des werdenden Apostaten kämpfen oftmals zwei einander entgegengesetzte Stimmen. Dabei wissen die Betroffenen oft nicht, welcher Stimme sie zuhören sollen, was zu einer fundamentalen Unsicherheit führt. Dieser innere Konflikt ist besonders schwierig für Personen, die früher sehr fromm gewesen sind, während diejenigen, die früher eher moderat gewesen sind hier viel weniger Schwierigkeiten haben, da die psychologische Bindung zum Islam nie so groß gewesen ist.

Irgendwann kommen die betroffenen zu einem Punkt, wo sie die Unhaltbarkeit ihrer Situation erkennen und den Entschluss fassen, eine klare Entscheidung bezüglich ihres Glaubens und ihrer Identität zu treffen.

Nun treten die werdenden Apostaten ihren Zweifeln direkt gegenüber und unterziehen sie einer offenen kritischen Betrachtung. Dabei geht es einerseits um die Frage, ob der Islam für die Welt wahr ist: wie die Welt ist und wie sie sein sollte; andererseits darum, ob der Islam für einen selbst wahr ist. Hier geht es um intensive Selbstreflexion.

Der Auslöser für den Entschluss, eine endgültige Entscheidung zu treffen, ist oft ein Ereignis, das dem werdenden Apostat die Größe seiner Zweifel und die Sinnlosigkeit dessen, sie weiter mit sich zu tragen, bewusst werden lässt. Das kann etwa die Aussicht einer arrangierten Ehe mit einer sehr frommen Person sein.

Auch eine Beziehung mit einem Nicht-Moslem oder die Möglichkeit einer solchen, kann das entscheidende Ereignis sein.

Diese offene Reflexion ist ein entscheidender Abschnitt im Prozess des Abfalls vom Glauben, denn bis dahin wurde der Islam meist nur sehr zurückhaltend hinterfragt und oftmals aus der Perspektive von pro-islamischen Quellen betrachtet. Nun aber setzt sich der zukünftige Apostat bewusst Quellen aus, die er bis dahin vermieden hätte. Es werden bewusst beide Seiten betrachtet. Oft wollen die Betreffenden, falls sie sich vom Glauben abwenden, sicher sein, dass sie dem Islam eine echte Chance gegeben haben. Es geht darum, ob der Islam wahr ist oder nicht. Beim Betrachten der Argumente beider Seiten kommen die werdenden Apostaten darauf, dass die Argumente, die den Islam unterstützen sehr schwach sind. Auch sich mit anderen Religionen auseinanderzusetzen kann im Entscheidungsprozess hilfreich sein.

Die meisten setzen sich in dieser Phase bewusst mit Islamkritik, wie etwa den Texten von Hirsi Ali auseinander. Auch allgemein antitheistische Texte, wie etwa die von Richard Dawkins oder Christopher Hitchens sind für viele wichtige Anhaltspunkte. In ihnen finden sie oft eine Stimme, mit der sie sich identifizieren können.

Viele fangen nun an, den Koran kritischer zu lesen. Dabei betrachten sie zum ersten Mal, den tatsächlichen Inhalt und nicht, wie zuvor, ausschließlich die Aspekte, die sie darin sehen wollen. Sie fragen sich, was sie tatsächlich darüber denken und nicht mehr länger nur, was sie laut anderen darüber denken sollten. Viele haben davor alles, was im Koran steht, für selbstverständlich hingenommen und, wenn etwas für sie keinen Sinn ergeben hat, so haben sie das auf ihren eigenen Mangel an Verständnis zurückgeführt. Durch die neue, kritische Herangehensweise wird vielen klar, wie sinnlos es ist zu versuchen, den Koran mit ihren eigenen liberalen Werten vereinbar zu machen. Denn sie kommen dabei meist zu dem Schluss, dass man die Zeilen, die schlichtweg gewaltverherrlichend und frauenfeindlich sind, nicht ignorieren kann.

Durch die direkte Konfrontation mit ihren Zweifeln erlangen die Betroffenen erst das Selbstvertrauen, sich vom Glauben loszusagen. Die kritische Auseinandersetzung mit dem Islam und Religionen allgemein bestätigt ihre Bedenken. Doch, obwohl nun kein Grund mehr besteht, sich schuldig zu fühlen oder Angst zu haben, verschwinden diese Gefühle auch nach der Apostasie oftmals nicht.

Nicht nur der Islam als epistemologische Betrachtungsweise der Welt wird grundlegend hinterfragt, sondern auch der Islam als Richtlinie für das eigene Leben. Denn der Islam versucht seinen Anhängern nicht bloß die Welt zu erklären, sondern will ihnen auch sagen, wie sie leben sollen. Viele können sich nicht mehr mit ihm identifizieren. Dabei hatten viele schon immer ein gespaltenes Verhältnis zum Glauben, doch erst nachdem sie sich ausführlich mit ihm beschäftigt haben, wurde ihnen klar, dass er nicht ihr inneres Selbst repräsentierte. Sie beschreiben den Islam als zu rigide und dogmatisch. Das kann zum Beispiel sein, wenn es darum geht, ein Kopftuch zu tragen. Für viele ist das Verlassen der Glaubensgemeinschaft ein notwendiger Schritt, um wirklich sie selbst sein zu können.

Die Zeit nachdem Ex-Muslime endgültig erkennen, dass der Islam weder die Welt erklärt, noch als geeignete Richtlinie für ihr eigenes Leben dient, ist meist von Gefühlen wie Erleichterung, Aufregung, Schuld, Angst, Ärger oder Verwirrung geprägt. Viele haben Jahre der Angst, Unsicherheit und des inneren Konflikts hinter sich und spüren in dem Moment, da sie sich endgültig vom islamischen Glauben lossagen, ein starkes Gefühl der Erleichterung. Sie haben nun eine Entscheidung getroffen und obwohl sie zu dem Zeitpunkt oft noch nicht wissen, womit sie sich identifizieren oder woran sie glauben, so wissen sie zu mindestens, womit sie sich nicht identifizieren und woran sie nicht glauben.

Viele sind danach sehr aufgeregt, da sie nicht mehr an ein Glaubenssystem gebunden sind, mit dem sie sich nicht länger identifizieren. Somit haben sie nun potentiell die Möglichkeit, all die Dinge zu tun, die ihnen ihr Leben lang verboten waren.

Trotzdem fühlen sich viele nach ihrer Apostasie schuldig, nicht weil sie glauben, etwas Falsches gemacht zu haben, sondern weil sie ihre Familie verletzt oder enttäuscht haben. Auch wenn sie wissen, dass sie im Recht sind, haben viele dennoch ein schlechtes Gewissen.

Manche haben auch nach ihrer Apostasie mit einem Rest von Angst zu kämpfen. Dabei kommen oftmals Fragen wie: „Was, wenn ich doch falsch liege?", „Was, wenn der Islam die Wahrheit ist?", „Was, wenn der Teufel mich in die Irre geführt hat?" Zu diesem Zeitpunkt wissen sie auf rationaler Ebene bereits, dass sie Recht haben, dennoch lassen sie diese irrationalen Ängste nicht los, oftmals auch Jahre nach ihrer Apostasie.

Ebenfalls häufig ist das Gefühl des Ärgers, da sie sich der verlorenen Zeit bewusst werden, während derer sie versucht haben ein „guter Moslem" zu sein. Dieser Ärger richtet sich teilweise gegen den Islam und teilweise gegen sich selbst. Dabei werfen sie sich vor, den Islam naiv als Wahrheit akzeptiert zu haben und sich nicht bereits früher von ihm losgesagt zu haben.

Manche fühlen sich nach ihrer Apostasie so wütend, dass sie das Bedürfnis haben, den Islam öffentlich anzuprangern. Diese Ablehnung gegen den Islam kann zeitweise durchaus militante Züge annehmen und sich teils auch gegen Muslime richten. Die Apostaten wenden sich dabei beispielsweise an anti-islamische Internetseiten.

Viele Ex-Muslime fühlen sich verwirrt, nachdem sie sich von ihrer Religion abgewandt haben. Der Abfall vom Glauben hat eine Leere zurückgelassen und viele wissen erst nicht, womit sie diese füllen sollen. Denn, auch wenn sie nun sicher sind, dass sie nicht an den Islam glauben und keine Muslime mehr sind, wissen sie oft nicht, woran sie eigentlich glauben oder als was sie sich identifizieren. Dabei kann der Kontakt zu anderen Ex-Muslimen oft sehr hilfreich sein.

Natürlich schließen all diese Gefühle und Erfahrungen einander nicht aus und eine Person kann all das durchmachen, muss es aber nicht zwangsläufig.

Wenn sich Ex-Muslime endgültig vom Islam losgesagt haben, stehen sie oftmals vor der schwierigen Entscheidung, sich zu outen oder ihren Atheismus geheim zu halten. Oftmals ist das eine Entscheidung zwischen zwei konkurrierenden Übeln. Denn indem sich der Apostat seiner Familie oder seinen muslimischen Freunden gegenüber outet, riskiert er, diese zu verletzen oder gar von ihnen abgelehnt zu werden. Seinen Atheismus geheim zu halten würde jedoch bedeuten, eine Lüge zu leben. Die entscheidende Frage ist also, wann, wie und wem gegenüber man sich outet. Erst einmal sind sehr viele selektiv, wem gegenüber sie ihren Atheismus offenbaren. So ist es beispielsweise Freunden gegenüber oft einfacher als Familienmitgliedern. Eine zentrale Rolle bei dieser Entscheidung spielt auch wie religiös eine Person ist. Für viele fühlt es sich jedoch nicht wie eine Wahl an, die sie treffen, sondern wie etwas, das sie tun müssen. Ihre wahre Identität geheim zu halten, empfinden sie als falsch und psychologisch unmöglich.

Aber auch konkrete Anlässe, wie etwa die Aussicht einer arrangierten Ehe, können Ex-Muslime dazu bewegen, sich ihren Eltern gegenüber zu outen.

Zudem kann der Wunsch anderen Ex-Muslimen zu helfen, dazu führen, dass Menschen ihre Apostasie öffentlich machen.

Sich öffentlich als Ex-Moslem zu erkennen zu geben kann dazu beitragen, das Tabu rund um die Apostasie im Islam zu brechen, sie zu normalisieren. Indem man sich öffentlich zu seiner Apostasie bekennt, zeigt man, dass den Islam zu verlassen, tatsächlich möglich ist und es Menschen gibt, die es tun.

Neben der Frage, wem man es sagt, ist es auch oft von Bedeutung, wie man es angeht. Viele Ex-Muslime geben erstmals subtile Hinweise, dass ihnen die Religion nicht mehr so viel bedeutet wie früher, indem sie etwa spät zu den Gebeten erscheinen, sich „westlicher" kleiden, ihre Kopftücher abnehmen, ihre Bärte abschneiden, offen ihre liberalen Überzeugungen äußern oder Diskussionen beginnen, indem sie sich kritisch über islamische Praktiken oder Teile des Korans äußern.

Die Absicht dahinter ist es einerseits, die Lage zu testen, abzuschätzen, wie ihre Familie oder Freunde auf die Nachricht ihrer Apostasie reagieren würden. Andererseits ist es eine Methode, andere auf diese Nachricht vorzubereiten, um sie nicht zu sehr zu schockieren.

Der Grund, warum es für Ex-Muslime oftmals so schwer ist, sich gläubigen Muslimen, insbesondere der eigenen Familie gegenüber, als Atheisten zu outen ist, dass die Reaktionen darauf oft sehr negativ sind. Familienmitglieder reagieren oft schockiert, verletzt, wütend, machen sich selbst Vorwürfe oder wollen es nicht wahrhaben.

Meist kommt für Familienmitglieder die Nachricht der Apostasie sehr plötzlich, auch wenn es für den Apostaten selbst ein langer Weg vom gläubigen Moslem zum Atheisten war. Für viele ist es, als wäre eine schlimme Katastrophe über die Familie gekommen.

Zudem werden die meisten Ex-Muslime nach ihrem Outing mit massiven Vorwürfen konfrontiert, wie etwa, dass sie die Familie zerstören wollten. Oftmals kommt es sogar vor, dass sich

Familienmitglieder von ihnen abwenden, beziehungsweise damit drohen, es zu tun.

Die Apostasie wird als schandhaft angesehen, nicht bloß für den Apostat selbst, sondern auch für seine Familie. Viele Eltern haben Angst, dass es innerhalb der größeren Gemeinschaft der Muslime bekannt wird, da es ihrem Ruf massiv schaden würde. Zudem befürchten viele, dass die Apostasie eines Familienmitglieds auch andere „anstecken" könnte. Daher haben viele Angst, einen Apostat in die Nähe ihrer Kinder zu lassen.

Viele Eltern geben sich selbst die Schuld, dass sie nicht streng genug waren oder ihren Kindern zu viele Freiheiten gewährt haben. Sie haben das Gefühl in ihrer Erziehung versagt zu haben. Auch Geschwister machen sich oftmals Vorwürfe, da sie nichts dagegen getan haben.

Andere können sich auch gar nicht vorstellen, dass es möglich ist, den Islam zu verlassen und halten die Apostasie ihrer Angehörigen für eine Phase, über die sie hinwegkommen werden.

Außerdem werden viele Ex-Muslime mit dem Vorwurf der Ignoranz konfrontiert. Ihnen wird unterstellt, es nicht gut genug durchdacht zu haben, den Islam nicht hinreichend zu verstehen, oder ihnen würden einfach die intellektuellen Fähigkeiten fehlen, darüber zu urteilen. Viele Muslime weigern sich auch, die Apostasie von Familienmitgliedern als deren Entscheidung zu sehen, sondern schieben sie stattdessen auf Besessenheit oder Geisteskrankheit. Die Apostasie wird pathologisiert und auf Unvernunft geschoben. Auch wenn die Apostasie als Entscheidung anerkannt wird, wird sie oftmals auf bösartige Motivationen zurückgeführt. Dem Apostaten wird unterstellt, ein Leben in Sünde führen zu wollen. In alledem liegt die Annahme, dass es keinen guten Grund geben kann, sich vom Islam abzuwenden. Viele versuchen daher ihre Familienmitglieder durch emotionalen Druck, zu einer Rückkehr zu bewegen.

Allerdings gibt es auch viele Muslime, die die Apostasie von Familienmitgliedern akzeptieren. Manche Beziehungen haben sich durch die Nachricht der Apostasie nicht verändert.

Für diejenigen, die sich entscheiden, ihre Apostasie zu verheimlichen, ist noch zu betonen, dass das, worüber sie lügen, nicht irgendeine Kleinigkeit ist, sondern das, worüber sie sich selbst definieren und, dass die Leute, die sie belügen diejenigen sind, die ihnen am meisten bedeuten.

Die Gründe, warum Ex-Muslime ihre Apostasie geheim halten, sind einerseits Rücksicht auf ihre Familienmitglieder, da sie diese damit verletzen könnten. Andererseits wollen sie sie vor der Ablehnung durch die größere muslimische Gemeinschaft schützen. Das kann sogar so weit gehen, dass sie einer arrangierten Ehe zustimmen, um keinen Verdacht zu erregen. Aber auch Selbstschutz spielt eine zentrale Rolle bei der Entscheidung, seine Apostasie zu verheimlichen. Viele Ex-Muslime fürchten, von ihrer Familie abgelehnt zu werden, was sehr oft auch der Fall ist. Für viele ist der Grund aber auch einfach mangelnde Notwendigkeit. Das kann einerseits sein, wenn sie aus eher liberalen Familien kommen und ihr Leben durch die Religion nicht wesentlich eingeschränkt ist. Andererseits ist es auch für Personen, die eine große räumliche Distanz von ihrer Familie trennt, oftmals einfach nicht notwendig, sich offen zu ihrer Apostasie zu bekennen.

Um ihre Apostasie zu verbergen nehmen viele Ex-Muslime in der Öffentlichkeit eine falsche Identität an. Sie geben sich als eine Person aus, die sie nicht sind, aber plausibel darstellen können. Beispiele dafür sind etwa der „faule Moslem". Dabei schieben sie ihr Desinteresse an islamischen Praktiken auf Faulheit oder mangelnde innere Stärke. Dadurch werden sie zwar als schlechter Moslem gesehen, doch das ist immer noch besser als als Ungläubiger erkannt zu werden.

Eine andere Möglichkeit ist etwa, sich selbst als liberalen Moslem zu bezeichnen. So kann man etwa einen „un-islamischen" Lebensstil pflegen und auch einige Aspekte des Islams offen kritisieren und gilt trotzdem nicht als Apostat. Es ist aber riskant, denn, durch die Äußerung allzu liberaler Meinungen, kann man entlarvt werden.

Manche, deren Geständnis der Apostasie negative Konsequenzen mit sich gezogen hat, versuchen, es zurückzunehmen, indem sie vorgeben, sie seien bloß verwirrt gewesen, seien vom Weg abgekommen und hätten sich nicht ausreichend mit dem Islam befasst. Diese Strategie ist aber meist nur über einen sehr beschränkten Zeitraum erfolgreich.

Viele müssen sich nach außen hin als fromm präsentieren, da ihre Familien nichts Anderes als Frömmigkeit akzeptieren würden. Dadurch müssen sie, obwohl sie nicht mehr daran glauben und sich nicht mehr damit identifizieren, die islamischen Vorschriften einhalten und jegliche islamkritischen Gedanken für sich behalten.

Dennoch ist es für Ex-Muslime, die ihre Apostasie geheim halten, oftmals schwer, enge Beziehungen zu anderen Menschen einzugehen, da sie sich jederzeit verraten könnten. So ziehen sie sich oft aus bereits bestehenden Freundschaften zurück und halten Beziehungen gezielt distanziert. Oftmals fühlen sie sich auch von muslimischen Freunden entfremdet, da sie nun bezüglich Interessen und Lebensstil wenig gemeinsam haben.

Das Geheimhalten der Apostasie kann also aus mehreren Gründen psychologisch sehr belastend sein. Einerseits führt es zu großer Frustration, ständig vorzugeben, etwas zu sein, dass man nicht ist. Das ist besonders problematisch, wenn die Ex-Muslime mit ihrer Familie zusammen in einer Region leben, wo die muslimische Population besonders hoch ist. Wie bereits erwähnt sind viele nach ihrer Apostasie wütend auf sich selbst, weil sie sich nicht schon früher vom Islam abgewandt haben und das Gefühl haben, sehr viel Zeit verloren zu haben. Bei der Geheimhaltung der Apostasie gilt die Frustration aber weniger der verschwendeten Zeit in der Vergangenheit, sondern vielmehr der Zukunft. Viele haben das Gefühl, ihr Leben zu verschwenden. Es geht um die Zeit, die sie noch verlieren werden. Das ist tendenziell für Frauen schlimmer, da sie weniger Freiräume haben und noch stärker unter Beobachtung ihrer Familie stehen. Auch die Erwartung, ein Kopftuch zu tragen, obwohl sie es ablehnen, kann sehr belastend sein. Zudem besteht immer die latente Furcht, dass die Tarnung auffliegen könnte.

Zusätzlich leben Ex-Muslime, die ihre Apostasie geheim halten, in großer Einsamkeit, da sie niemanden wirklich nahe an sich heranlassen können. Viele bereits bestehenden Beziehungen zerbrechen daran. Zusätzlich haben sie mit ihren muslimischen Freunden oftmals nicht mehr viel gemeinsam. Viele haben auch schon die Erfahrung gemacht, von Freunden wegen ihrer Apostasie abgelehnt zu werden. Außerdem kann die zunehmende emotionale Distanz zum Zerbrechen von Partnerschaften führen. Auch das Eingehen von Beziehungen mit Nicht-Muslimen kann schwer sein, da es den Verdacht von Familienmitgliedern erregen kann.

Doch auch das Verhältnis zur Mehrheitsbevölkerung ist für viele Ex-Muslime schwierig. Natürlich ist auch hier zu betonen, dass man auf sehr viele individuellen Geschichten und Erfahrungen stößt, doch grob kann man drei Probleme benennen, mit denen Ex-Muslime häufig zu kämpfen haben, nämlich einerseits, dass sie trotz ihrer Apostasie oftmals als Muslime gesehen werden, dass sie für islamkritische Äußerungen sehr schnell als „islamophob" bezeichnet und in die rechte Ecke gestellt werden und, dass diese islamkritischen Äußerungen oder auch Berichte von religiös motivierter Gewalt gleichzeitig von Rechtsextremen häufig für deren Propaganda missbraucht werden.

Viele Ex-Muslime werden, obwohl sie sich längst vom Islam abgewandt haben, aufgrund ihrer Herkunft und ihres Aussehens, nach wie vor als Muslime gesehen. Oft wird das angenommen, meist nur nach einem Blick in das nahost - ländisch aussehende Gesicht oder das Hören des fremdländischen Namen. Auch negative Stereotypen über Muslime werden sehr oft einfach auf sie übertragen. Manche essenzialisieren und naturalisieren die Eigenschaften, die sie Muslimen zuschreiben auch so sehr, dass sie die bloße Möglichkeit, sich vom Islam abzuwenden, grundsätzlich leugnen. So bekam etwa eine Ex-Muslima auf Twitter folgenden Kommentar: „*Fuck off. Once a Muslim, always a Muslim. It's the same with Pedophiles. Death is the only cure.*"

Ein weiteres großes Problem ist der sehr schnell formulierte Vorwurf der Islamophobie. Egal, ob in persönlichen Gesprächen oder in Internetforen, beziehungsweise sozialen Netzwerken, ich stieß bei meinen Recherchen zum Thema Apostasie im Islam immer wieder auf das Problem, dass Ex-Muslime es schwierig finden, sich offen, kritisch über den Islam zu äußern, ohne angegriffen zu werden. Allzu häufig kommt anstatt eines sachlichen Gegenarguments der Vorwurf der Islamophobie. Diese Unterstellung wird oftmals von Linksliberalen erhoben. Dahinter steht, wie der Ex-Moslem Ali A. Rizvi meint, die meist aufrichtige Absicht, Muslime vor der Diskriminierung durch Rechtsextreme zu schützen. Dieses an sich noble Ziel, so Rizvi, wird oftmals auf komplett falsche Weise verfolgt. Er erklärt dieses Phänomen so: in Ländern, wo Muslime eine Minderheit sind, ist der Islam der Glauben und die Identität einer Gruppe, die oftmals diskriminiert wird und die es daher zu schützen gilt. In Ländern, wo Muslime hingegen die Mehrheit sind, ist der Islam ein Werkzeug, mit dem die Regierung Unterdrückung rechtfertigt. Diese Dichotomie hat Auswirkung auf Liberale sowohl im Westen als auch in muslimischen Ländern. Rizvi erklärt, dass viele von Liberalen in muslimischen Ländern geäußerten Gedanken, wenn sie in westlichen Ländern ausgesprochen werden, den Vorwurf der Islamophobie nach sich ziehen. Faisal Saeed Al-Mutar meint dazu: „*Many(Western Liberals) have betrayed us liberals in the Middle East and other Muslim countries, and sided with the islamists against us.*" Dieses Gefühl teilen viele Liberale im Nahen Osten.

Rizvi meint, dass viele westlichen Linksliberalen das Verteidigen des Rechts der Muslime zu glauben, was sie wollen, mit dem Verteidigen des Glaubens selbst verwechseln. Für ihn müssen die Kritik an islamischen Doktrinen und die Verteidigung der Rechte von Muslimen Hand in Hand gehen. Schließlich ist die überwiegende Mehrheit der Opfer von islamistischer Gewalt selber Muslime. Für Rizvi braucht es beides, das Recht Ideen zu kritisieren und das Recht an selbige zu glauben.

Rizvi führt die Probleme teils auf die Reaktionen auf 9/11 zurück. Damals standen der Islam und Muslime plötzlich im Zentrum der politischen Debatten. Diese Debatten, so Rizvi, waren von zwei großen Narrativen geprägt.

Das erste Narrativ bestand aus Hass und Feindseligkeit gegen Muslime, alle Muslime würden in Wahrheit mit den Terroristen sympathisieren, moderate Muslime wären bloß versteckte Extremisten.... Es wurden strengere Immigrationsgesetze gefordert, um Muslime aus westlichen Ländern fernzuhalten und Menschen mit dunkler Haut standen unter Generalverdacht. Es gab zahlreiche Übergriffe gegen Frauen mit Kopftuch und dunkelhäutigen Menschen, die in den USA geboren worden waren, wurde gesagt, sie sollten das Land verlassen. Die Akteure hinter diesem Narrativ waren zumeist rechtsextreme, religiöse Christen oder Juden.

Das andere Narrativ setzte jede Kritik am Islam mit Hass gegen Muslimen gleich. Jeder, der den Islam oder Stellen des Korans kritisierte, wurde als islamophob oder rassistisch beschimpft.

Rizvi kritisiert, dass keines der beiden Narrative in der Lage ist, zwischen einer Ideologie und den Menschen, die dieser Ideologie folgen, zu unterscheiden.

Auch wenn mehr Menschen eine Zwischenposition vertreten und die Probleme differenzierter betrachten, bestehen diese Betrachtungsweisen in ihren wesentlichen Zügen bis heute fort. Es geschieht immer noch sehr oft auf beiden Seiten, dass zwischen einer Ideologie und den Menschen nicht unterschieden wird. Kritik am Islam wird nach wie vor oftmals mit Feindseligkeit gegen Muslime verwechselt.

Außerdem wird oftmals vehement vertreten, der Islam selbst sei nicht schlecht, das Problem sind die Leute, die ihn für Schlechtes missbrauchen. Ein Interviewpartner erklärte das so: *„So I faced these kind of things when I talk about how Islam itself is bad, they teach me how Islam itself is not bad, the people who interprete Islam in a harmful way, they are the bad persons, but the religion is not bad. But I know we have things in the Islam in the Quran, in the Hadiths, they say something bad.“*

Rana Ahmad schiebt die Schwierigkeit, die Religion einer Minderheit zu kritisieren in Deutschland auch auf die Auseinandersetzung mit der deutschen Geschichte: *„Ich weiß warum in Deutschland ist, weil sie haben in der Vergangenheit etwas sehr Schlechtes gemacht und jetzt sie glauben, sie dürfen nicht andere Religion kritisieren... aber das ist etwas ganz anderes.“*

Zahlreiche Ex-Muslime bekritteln, dass man für islamkritische Äußerungen oder, Äußerungen zu religiös motivierten Gewalttaten, sehr schnell in die rechte Ecke gestellt wird. So schreibt etwa der deutsche Ex-Moslem Ali Utlu auf Twitter: *„Ich werde von Muslimen bedroht, geschlagen und bekomme Morddrohungen und, wenn ich mich gegen diese Ideologie wehre, bin ich der Faschist. Deutschland 2018 - Opfer haben die Klappe zu halten, wenn sie weder als rechts noch Faschist bezeichnet werden wollen.“* Auch die Ex-Muslima Yasmine Mohammad spricht diesen Umstand an: *„I'm not offended when ppl* *say I'm conservative or right-wing because it's not an insult; it's just incorrect. I'm pro-choice, pro-universal healthcare, pro-free education, pro-environment and pro all enlightenment values. I'm also anti-religion. All religions. Especially Islam."*

Jedoch kommen viele der Probleme, mit denen Ex-Muslime oft zu kämpfen haben, auch von Rechts. Viele Ex-Muslime, die sich offen islamkritisch äußern oder ihre Erfahrungen mit religiös motivierter Gewalt mit der Öffentlichkeit teilen, machen die Erfahrung, dass dies sofort für rechtsextreme Propaganda missbraucht wird. Ein häufiges Problem ist, dass es primär Rechtsextreme sind, die ihnen zuhören. Diese tun das aber oftmals nicht aus ehrlichem Interesse oder Mitgefühl für die Opfer der islamistischen Gewalttaten, oder mit der Absicht, den unterdrückten Menschen zu helfen, sondern um ihre eigenen Weltanschauungen scheinbar zu bestätigen.

Rana Ahmad beschreibt beispielsweise in ihrem Buch, wie sie kurz nach ihrer Ankunft in Deutschland erfahren musste, wie schnell man für islamkritische Äußerungen für ausländerfeindliche Propaganda missbraucht werden kann: *„Wenig später halte ich einen Vortrag auf einer vom Zentralrat der Ex-Muslime organisierten Veranstaltung, zu der vierzig, vielleicht fünfzig Menschen kommen. Leider ist darunter auch ein Mann, der einer rechtspopulistischen Partei nahesteht. Er lädt das Video auf YouTube hoch und versucht damit, rechte Propaganda zu machen. Ich kenne Deutschland zu dieser Zeit noch nicht gut genug, um zu begreifen, wie leicht Islamkritik von ausländerfeindlichen Populisten für deren Agenda missbraucht wird."*

Viele Ex-Muslime, die sich in der Öffentlichkeit islamkritisch äußern oder Probleme, die mit dem Islam zusammenhängen ansprechen, distanzieren sich regelmäßig von jenen Rechtsextremen, die sie für ihre Propaganda benutzen. So schreibt zum Beispiel die Ex-Muslima „Rayhana" auf Twitter: *„So I will not tolerate any far-right group using the suffering of Ex-Muslims to beat the entire Muslim community like the way rabid Islamists in the Muslim world* *use the suffering of Palestinians to spread endless hatred towards Jews and Israel."*

Man kann hier also zusammenfassend sagen, dass Ex-Muslime, die sich öffentlich islamkritisch äußern, mit der Schwierigkeit zu kämpfen haben, dass von den Menschen, die ihnen bereitwillig zuhören viele nicht tatsächlich das Wohl der im Namen des Islams Unterdrückten oder verfolgten Menschen im Interesse haben. Oftmals ist das Ziel vielmehr das Verbreiten einer Propaganda, die sich kollektiv gegen Ausländer oder alle Menschen des muslimischen Glaubens richtet.

Die Apostasie im Islam ist ein sehr komplexes und aus vielen Gründen schwieriges Thema. Natürlich konnte ich in Form einer fiktiven Geschichte nur einige wenige dieser Aspekte ansprechen. Ich hoffe also, in diesem Nachwort einen Überblick über das Thema gegeben zu haben. Aber natürlich wurde auch hier bei Weitem nicht alles gesagt. Jedem, der sich also weiter dafür interessiert, empfehle ich das Buch „The Apostates-When Muslims leave Islam" von Simon Cottee, die erste wissenschaftliche Studie zu dem Thema, aber auch Bücher von Ex - Muslimen selbst, wie etwa „The Atheist Muslim" von Ali A. Rizvi.

Über die Autorin:

Jasmin Thoma wurde 1995 in Eisenstadt(Österreich) geboren. Nachdem sie das Gymnasium in Eisenstadt besuchte, studierte sie Kultur-und Sozialanthropologie an der Universität Wien. Mit 11 begann sie, Geschichten zu schreiben. 2017 erschien ihr erstes Buch, „Ohne Identität". In „Der Ungläubige" bearbeitet sie erstmals ein gesellschaftspolitisches Thema.

MIX

Papier | Fördert
gute Waldnutzung

FSC® C083411

Zeitfracht Medien GmbH
Ferdinand-Jühlke-Straße 7
99095 Erfurt, Deutschland
produktsicherheit@kolibri360.de